27ª edição

Fanny Abramovich

Quem manda em mim sou eu

ENTRE LINHAS
ADOLESCÊNCIA

Ilustrações: Michele Iacocca
Conforme a nova ortog

Atual Editora

Série Entre Linhas

Editor • Henrique Félix
Assistente editorial • Jacqueline F. de Barros
Preparação de texto • Lúcia Leal Ferreira
Consultoria editorial • Vivina de Assis Viana
Revisão de texto • Pedro Cunha Jr. (coord.)/Edilene M. Santos/Marcelo Zanon

Gerente de arte • Nair de Medeiros Barbosa
Supervisor de arte • Marco Aurélio Sismoto
Diagramação • Setup Bureau Editoração Eletrônica
Coordenação eletrônica • Silvia Regina E. Almeida
Projeto gráfico (miolo e capa) • Homem de Melo & Troia Design

Suplemento de leitura e projeto de trabalho interdisciplinar • Isabel Cristina M. Cabral

Dados Internacionais de Catalogação na Publicação (CIP)

> Abramovich, Fanny
> Quem manda em mim sou eu / Fanny Abramo-
> vich ; ilustrações Michele Iacocca. — 27ª ed. — São
> Paulo : Atual, 2009. — (Entre Linhas: Adolescência)
>
> Inclui roteiro de leitura.
> ISBN 978-85-357-0414-3
> ISBN 978-85-357-1171-4 (professor)
>
> 1. Literatura infantojuvenil I. Iacocca, Michele.
> II. Título. III. Série.
>
> CDD-028.5

Índices para catálogo sistemático:

1. Literatura infantojuvenil   028.5
2. Literatura infantil   028.5

Copyright © Fanny Abramovich, 1989.
SARAIVA S.A. Livreiros Editores
Rua Henrique Schaumann, 270 — Pinheiros
05413-010 — São Paulo — SP

SAC | 0800-0117875
De 2ª a 6ª, das 8h30 às 19h30
www.editorasaraiva.com.br/contato

Todos os direitos reservados.

27ª edição/4ª tiragem
2014

811163.027.004

Impressão e Acabamento Assahi Gráfica e Editora.

Quem manda em mim sou eu
Fanny Abramovich

Suplemento de leitura

Miriam, uma garota de 15 anos, não se sente "dona de seu nariz". Afinal, vive de mesada, tem horário certo para voltar para casa, vê-se impedida de fazer qualquer coisa diferente de que tenha vontade... Insatisfeita, a crítica e divertida garota decide procurar emprego, dando início à sua jornada em direção ao mundo adulto.
Mesmo enfrentando dificuldades, tais como cansaço e baixa remuneração, Miriam segue em frente. Encara desafios e busca novas soluções para seus problemas, ao mesmo tempo em que vai construindo seu projeto de vida, de uma forma mais amadurecida e autônoma, sentindo, enfim, que "manda em si mesma".

Por dentro do texto

•

Enredo

1. Muitos aspectos estavam envolvidos no fato de Miriam não se sentir "dona de seu nariz".

   a) Que aspectos são esses?

   _____

   _____

   _____

   b) O que fez Miriam para mudar essa situação?

   _____

2. O primeiro emprego é bastante importante na trajetória de Miriam.

   a) Inicialmente, como ela se sentiu?

   _____

   _____

   b) Depois de algum tempo, Miriam sentia-se do mesmo modo? O que resolveu fazer, então?

   _____

   _____

   _____

   c) Essas mudanças ocorreram também em relação aos outros empregos de Miriam?

   _____

   _____

   _____

   _____

Tempo e espaço

10. O tempo da história é marcado pelo processo de amadurecimento da personagem Miriam.

a) Do começo ao fim da história, o tempo transcorrido foi de quantos anos, aproximadamente?

b) O leitor percebe a passagem do tempo por meio de alguns elementos presentes na narrativa. Quais?

11. Caracterize o ambiente em que se passa a história.

Foco narrativo

12. Tudo o que se passa na história é observado sob o ponto de vista de Miriam, personagem-narradora da obra. Em alguns momentos, o leitor tem mesmo a impressão de estar lendo um diário, embora a obra não esteja estruturada como tal. Que elementos do texto são responsáveis por tal impressão?

Linguagem

13. *Quem manda em mim sou eu* apresenta uma linguagem totalmente coloquial, informal, repleta de traços da oralidade, como gírias, frases curtas, termos em inglês, entre outros elementos. O uso de tal linguagem parece ser coerente com a obra? Justifique sua resposta.

_____

_____

_____

_____

_____

Produção de textos

•

14. Imagine Miriam casada e com filhos. Redija um diálogo entre ela e sua filha adolescente, de acordo com seu ponto de vista.

15. Miriam costumava enumerar algumas perguntas sérias que fazia a si mesma. Escolha uma, reflita e escreva uma resposta a ela.

16. *Ando mexidíssima com os problemas do terceiro mundo. Com as barbaridades que fazem com crianças, jovens, empregos e desempregos, escolas, saúdes, ecologia. [...] Vi vídeos de pasmar. É puro assassinato. Assassinato de gerações, de países, de culturas. Ouvi um padre falar que essa não pode ser uma luta solitária. Temos que estar conscientes. Todos. É uma questão do nós. Não do eu. De sobrevivência geral.* (p. 70)

ao cubo... Toma todas as minhas manhãs e não me devolve nada. Nadinha. (p. 53)

Você concorda com a visão de Miriam? Por quê? Discuta com seus colegas o papel da escola no amadurecimento dos alunos. Sugestões de questões para iniciar a discussão:
- Você acha que Miriam tem razão ao dizer que a escola não exerceu papel algum em seu processo de amadurecimento? Por quê?
- Com você ocorre o mesmo? Por quê?
- Como deveria ser a escola para contribuir para o amadurecimento dos estudantes?

3. Além de mostrar-se interessada em aprender em seus locais de trabalho, Miriam busca capacitar-se de outras formas. Como?

4. No final da história, Miriam havia chegado à sua realização profissional? Justifique sua resposta.

5. A busca da independência é um traço de amadurecimento de Miriam, que vive uma fase de mudança da adolescência para a idade adulta.

a) Aponte alguns comportamentos adolescentes de Miriam.

b) Aponte alguns comportamentos amadurecidos de Miriam.

Personagens

6. Como podemos caracterizar a relação entre Miriam e seus pais?

7. As amigas de Miriam têm interesses profissionais e seguem destinos de vida diferentes.

a) Preencha o quadro abaixo, considerando o interesse profissional e o destino de cada uma das amigas de Miriam:

	Interesse profissional	Destino
Madá		
Raquel	Ensinar crianças.	Faculdade de pedagogia: professora.
Ana Maria		
Sarita		

b) Você tem algum interesse profissional? Qual?

_____

_____

8. Durante a narrativa, Miriam mostra interesse por vários garotos. Chega a namorar com alguns; porém, parece que a construção de um relacionamento "ao seu gosto" se dá apenas com Daniel. Tendo em vista o que Miriam nos conta sobre o final de vários de seus relacionamentos e sobre o namoro com Daniel, responda: qual seria o ideal de amor de Miriam?

_____

_____

_____

9. Elabore um comentário sobre a personagem Miriam, no que se refere aos seus ideais de consumo, seus artistas preferidos e seu desejo de ser modelo.

_____

_____

_____

E você, também anda um pouco "mexido" com os problemas de nosso planeta? Concorda com a ideia de que "temos que estar conscientes", de que "é uma questão do nós"? Escreva uma dissertação concordando ou discordando de Miriam. Lembre-se de apresentar argumentos que sustentem a sua opinião.

17. Elabore um texto dissertativo a partir do seguinte tema: "A relação entre o trabalho e a conquista da independência pessoal". Faça um planejamento de seu texto antes de começar a escrevê-lo.

Atividades complementares
•
(Sugestões para Vídeo e Ética)

18. Assista com a classe ao filme *Com licença, eu vou à luta*, de Lui Farias (Globo Vídeo, 1986), citado pela personagem Miriam. Depois, relacionem, num debate, filme e livro no que se refere à temática abordada. Sugestões de questões para iniciar a discussão:
- O que são pais "caretas"?
- O que são pais "legais"?
- Que atitudes os pais não devem tomar em relação aos filhos?
- Como devem agir os pais? E os filhos?

19. Releia o seguinte trecho e observe a visão que Miriam tem sobre a escola:

Quem foi que inventou a escola? Nunca vi nada mais inútil. Passei a semana todinha ouvindo bobagens. No geral e no particular. Nada de aproveitável. Nada a ver com a minha vida. Nada a ver com nada... E se não bastasse, chatíssima. Tudo. Arrastado, sem pique, sem graça, sem molho. Desinteressante

Para Vivina de Assis Viana

Putz, estou exausta. Caindo de canseira. Das brabas. Andei a tarde toda, por todo o *shopping* procurando uma roupinha legal, simples, na moda. Ter, tinha. De montão. Experimentei umas supertransadas, bem gracinhas. Só que na hora de pagar, necas de dinheiro. Vexame total. Nem eram tão caras. Só que a miséria da mesada que recebo acabou. Antes do fim da semana. Quando chegar o final do mês, estarei na mais completa ruína, pedindo esmolas ou vivendo da caridade pública. Nem contando as moedinhas deu pra comprar o batom de cor fulgurante, tipo marca-presença-total!!! Tênis, que estava precisando, fica pro Natal, se algum parente compadecido resolver me dar um de presente.

Assim não dá. Não é possível. Que é que minha mãe e meu pai pensam? Que ter casa, comida e roupa lavada é tudo? Que vida é só isso? E o resto? Como é que posso ser EU se não tenho grana pra me vestir? Pra cuidar da minha aparência? Se não trato do de fora, imagine do de dentro... Maior sufoco. Hoje vou ter uma conversinha esclarecedora com meus pais. Palavra de Miriam.

Ué, campainha tocando? Só pode ser algum guri chato chegando. Amigo do meu irmão. Batem ponto na minha casa... Abro a porta atravessada, dou uma resposta malcriada e mando o pivete encher noutra freguesia.

— Madá? Que surpresa maravilhosa! Entra logo, pelo amor de Deus, e me conta tudo. Tudinho. Do começo até o final. Teus olhos estão brilhando. Aconteceu algo chocante! *Of course.* Que é que foi?

— Não é nada do que está imaginando. Nenhum gato novo no pedaço. Nenhuma paixão fulminante. Comecei hoje aquele curso de vídeo, que estava fissurada pra fazer. Esperei séculos pra ter vaga e horário pra mim. Uma eternidade. Mas valeu! Parece um outro mundo. Não aquele blablablá da escola. Mexi com aparelhos, registrei as bonitezas que meus olhos viam. Incrível! Percebi coisas que nunca tinha percebido antes. E coisas comuns, de todo dia. Minha cabeça está a mil.

— Ai, que inveja! Numa boa, *of course.* Tem muita gente na classe?

— Não. Turma pequena. Senão não dá pra mexer em toda aquela aparelhagem. Não daria pra pegar na câmera, no micro e mandar ver. Depois de ver. Sacou? Um baratão.

— Que tal o professor?

— Que tal? O máximo!!! Lindo de morrer. Bem vestidérrimo. Na última. Um sorriso de derreter sorvete. Tipo bem mais velho. Deve ter uns 22 anos ou mais. Superexperiente. Já fez um montão de vídeos. Contou sobre os festivais que frequenta. Conhece todo mundo. Pessoalmente. Fala na maior intimidade de artistas, de modelos, de cantores pra quem fez clipes, de apresentador de TV que não manja nada de nada. Loucura pura.

O papo dele balança qualquer opinião que já tive sobre mil coisas.

— Vou cair dura e roxa de inveja. Agora mesmo.

— Para com isso, Miriam. É só ir lá e se inscrever também.

— Sei, sua gracinha otimista! Você acha que nesta casa vão achar, algum dia, que frequentar academia de vídeo é bom? Pra manter o tom doméstico: que é útil para alguma coisa? Espanhol, se eu quiser, tudo bem. Tudo bem, não – tudo ótimo! Pinta grana, matrícula, na hora. Ginástica ou ioga vão bufar por conta do preço, mas vão resolver que é saudável pruma adolescente. Agora, curso tipo sinto-vontade-e-quero-saber-disso, posso ir desistindo antes mesmo de pedir. Aqui, a minha vontade não conta. A minha curtição, muito menos.

— Sei não, Miriam, sei não... Vá à luta! Explica, mostra por que quer, por que precisa agora dum curso. Seja qual for. Até de arraiolo ou pintura em porcelana.

— Eu, fazendo gênero moça-casamenteira? Me preparando pra ser dondoca? Você pirou de vez...

— Não enche, Miriam. A Ana Maria tanto fez que conseguiu que o pai pagasse as aulas de violão dela. Não por ser exata-mente a coisa mais útil deste mundo ou por ela ser quase-quase um Toquinho... E isso também não importa. Se tem talento, se leva jeito, se vai fazer sucesso... Importa é que quis aprender e conseguiu as aulas. O resto vem depois. Ou não.

— Eu sei. Bem que sei. Acontece que se peço algo fora do pro-grama da família, escuto um enorme NÃO. Às vezes disfarçado. Minha mãe diz que já tenho o dia muito ocupado, meu pai fala que a verba estourou, meu irmão berra que também quer, minha tia parece que passa de propósito nesse minuto pra dizer que não dou conta nem do que já tenho pra fazer, que dirá de mais alguma coisa! E por aí vai e vai... A única verdade é que eu não faço o que quero. O que gostaria de fazer. Não sou dona do meu nariz.

— É, Miriam, já vi que não dá pra continuar o papo. O astral baixou pra caramba... Nossa, estou atrasadérrima. Vou encontrar com a Ana Maria. Ela ficou de descolar umas revistas ultra-ultra sobre vídeos. Quero dar uma olhada caprichada antes da próxima aula. Pra mostrar pro professor que não sou uma ignorante, muito menos uma iniciante. Tchau, garota! Ânimo!

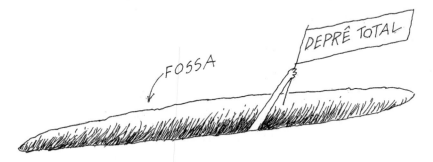

Subi pro meu quarto. Deprê, deprê. Dia desgraçado. Na escola, só bobajada chata. No *shopping*, a miséria batendo em grande estilo. Madá entusiasmada com suas novas experiências. E eu ficando de lado. À margem de tudo o que acontece de interessante neste mundo e nesta vida. Maldição. Ter 15 anos e enfrentar todo esse sufoco! Até quando? E por quê?? E agora, o que faço? Escrever no diário ou escutar um CD só com tangos? Acho que vou chorar até morrer.

Quanto mais penso, menos sei se estou na bica de namorar com o André ou não. Estranhíssimo. Não desgruda durante três dias, depois some por semanas. Telefona toda hora e na rua nem me cumprimenta. Finge que nem me conhece. Que não está nem aí. Qual é a dele? Me enlouquecer?

Telefone tocando. Alô! Raquel? Claro que sou eu. Quem você imaginava que ia atender? A Sandy ou a Cameron Diaz? OK, desisto de ser pentelha e engraçadinha. Fala...

— Topa ir ao cinema hoje? Na sessão das oito. Entrou um filme bárbaro. Policial. Daqueles de fazer o coração acelerar de tanto medo e a cabeça rodar com tantos suspeitos. Meu primo assistiu e disse que é imperdível. Americano, *of course*. Superbenfeito. E tem uma música arrepiante! Já ouvi umas faixas na FM. Como é, vamos?

— Querer eu quero. Estou babando com o que você contou. Preciso falar com a senhora minha mãe e ver se dá. Sabe como é... Não, ela ainda não chegou. Assim que entrar, pergunto. Te telefono logo. Tá?

— Francamente, mamãe! Isso são horas? Estou esperando há séculos...

— É mesmo, Miriam? Marcamos algum encontro por acaso?

— Isso não importa. A senhora deveria ter mais consideração.

— Miriam, não estou entendendo nada. Dá pra explicar o que aconteceu? Para de andar dum lado pro outro. Está me pondo nervosa.

— OK Sentei!

— E então, qual é o assunto de tamanha urgência?

— Seguinte. A Raquel me convidou pra ir ao cinema hoje. Um filmaço. Fantástico!! Então, eu queria...

— Hum! Espera um pouco. Estou exausta. Seu pai telefonou avisando a que horas chega? Cadê seu irmão? Será que está tomando banho? A Maria aprontou o jantar direitinho? Vá dar uma olhada pra mim, por favor?

— Sim, pra todas as perguntas. Papai chegará às sete e meia como toda santa noite. Meu pequeno irmãozinho está tomando banho e fazendo uma bagunça completa. O jantar está prontíssimo. No menu, a mesma falta de imaginação de sempre. Salsichas com batatas e espinafre. Mais alguma coisa?

— Traz um copo-d'água pra mim, por favor.

— Sempre às ordens, vossa alteza real. Agora, presta atenção por amor de Deus. Como é que é? Uma coisa tão simples e que quero tanto... Posso ou não posso ir ao cinema hoje?

— Miriam, hoje é sexta-feira. Dia de semana e não dia de cinema. Pro cinema, você tem os sábados e domingos. E as sessões da tarde, quando der folga. Já falamos bastante sobre isso.

— Sei, sei...

— Se é preciso repetir, repito. É você quem está pedindo. Nesta casa, como em qualquer outra, há leis a serem seguidas. Já acertamos os seus horários. Nos dias de semana, a hora de voltar para casa é às nove da noite. No máximo dos máximos!

— Sei, sei... Não dá pra quebrar nunquinha essa lei? Afinal, é uma oportunidade na minha vida. E já fiz tudo que tinha pra fazer pra escola.

— Não, não dá. Acontece que a sessão das oito não vai acabar às nove. Lógico. Será que você acha interessante assistir a um filme policial sem saber o final? Ficar em suspense? Não é melhor deixar pra amanhã, sábado? Aí você pode voltar às onze horas, tem tempo pra assistir ao filme todinho e pra conversar depois na lanchonete. Tenho certeza que essa oportunidade fantástica se repetirá amanhã. Não faz mais sentido?

— Sentido? O que é que faz sentido nesta minha vida controlada? Neste regime de trabalhos forçados?

— Tem mais, mocinha. Falando em trabalho, gostaria de lembrar seus compromissos. Com a casa. Quando resolvemos fazer o rodízio dos encarregados de lavar a louça e deixar a cozinha arrumada depois do jantar, você escolheu terça e sexta-feira. Sem ser forçada. Todos nos comprometemos quando a Maria resolveu que não dormiria mais aqui. Conversamos, acertamos. Lembra? Afinal, nem faz tanto tempo assim... Já deu pra esquecer?

— Não, não deu...

— Pois é, hoje é sexta-feira. Você acha justo agora, na última hora, inventar de ir ao cinema e deixar nos meus ombros a tua responsabilidade? E tem mais. Estou morrendo de cansaço. Quero sossego.

— Desmancha-prazeres. Mandona. Cruel.

É, só está faltando bater continência. Do resto da vida de quartel, cumpro tudo. Ainda recebo uma medalha ou condecoração. Merecidíssima. Por tamanha disciplina e obediência. Ou termino meus dias como desertora. Me mando, mesmo que seja sob ameaça de fuzilamento ou ser fugitiva pelo resto dos meus dias.

Direita, volver. Esquerda, volver. Em frente. Marche! Ligo pra Raquel e dou uma desculpa esfarrapada. Só pra não morrer de vergonha. Ou entrego a generala, denunciando tudo. Resolvo quando chegar no meu quarto. Minha sentinela avançada.

Ai, que chatura! Não tenho absolutamente nada pra fazer! Nem vontade de puxar papo pelo telefone, seja lá com quem for. Minha cabeça está girando, toda confusa. Nem pensar em escrever no meu diário ou fazer aqueles exercícios idiotas pra aula de Matemática de amanhã. Posso pôr um CD e ouvir alguma música que faça me sentir bem... Qual? Deixa ver... O Lobão, claro. Bom pra alma, bom pros olhos, bom pra cabeça. Que homem!!! E batalha pelos direitos autorais do artista. Contra a bandalheira, o vale tudo de quem pode em cima de quem cria. Gosto de gente assim. Que passa seu recado sem ser chata. Dum jeito de hoje. Parece que fala pra mim. Mexe com coisas que ando pesando e pensando. E com uma coragem valente!

Ué, baita surpresa. Uma revista cheiinha de fofocas! Adoro saber da vida de gente famosa! Pena que só falam de grandes acontecimentos. Tipo casou, mudou de país, vai fazer não sei qual filme, se separou, teve um filho. Queria saber também de coisas de todo dia. Se a Angélica brigava com o pai, se a Xuxa tinha hora pra chegar em casa quando tinha a minha idade, se a Sandy repetiu de ano alguma vez na vida, se a Ana Paula Arósio demorou pra achar o seu primeiro e grande amor, se a Wanessa Camargo já se sentiu como eu, presa num quartel dentro da sua própria casa... Tantas coisas que eu queria saber. Tantas perguntas. E tão poucas respostas...

Um artigo que até que parece interessante... Sobre jovens, da minha idade pra mais, americanas e europeias, que estudam e também fazem uns servicinhos extras. Tipo bicos. Muitas vezes, como *baby-sitter*. Vira e mexe isso aparece em algum filme. Lá vem a mocinha tomar conta do nenê, enquanto os pais do chorão vão ao cinema ou a uma festa chiquérrima. O bebê torra, a menina encantadora o acalma contando uma história ou cantando, o chato dorme, ela fala horas no telefone com o namorado. Lá pela meia-noite, o pai da criança chega e a leva pra casa, de carro. E paga em dólares. Um luxo! Sempre dá certo. Como tudo que acontece no cinema... Aqui também tem quem faça isso. Mas é pouco. Raríssimo. E totalmente sem graça. Como tudo, neste país.

E mais... moças que trabalham nos cinemas e teatros, levando as pessoas pros seus lugares marcados. Deve ser legal. De quebra pode ver o filme, o balé, de graça. Outras passeiam com os cachorros de madame nos parques, duas vezes por semana. Nada mal. Andar por jardins floridos, correr, olhar, sentar, afagar o bichinho, tomar sol e ainda ganhar um dinheirinho. Só que neste país nem existe lugar marcado no cinema, muito menos parque muito do cuidado...

Em lanchonetes, montes de gente jovem trabalhando. Todas da minha idade. Lavando, enxugando, fazendo sanduíches, atendendo as mesas, fritando batatas, enfeitando sorvete, servindo café... De tudo. E não é só gente muito pobre que faz isso. É trabalho pra todo mundo. Ninguém com vergonha de transar essas. Contentíssimas por defender a sua grana, e sem horário puxado. Umas só trabalham nas férias. Tem muitas que vão uma vez por semana, outras só sábados e domingos, outras todos os finais de tarde. Romântico ficar atendendo no crepúsculo. Fim do dia, comecinho da noite. Gente saindo dumas solares pra resolver o que vai fazer quando a lua surgir. Isso deve ser bom... Se aqui fosse um país civilizado, eu poderia pensar em atacar uma coisa assim. Sem me sentir pobre, paupérrima. Servir sorvetes e sucos como vou à aula de inglês. Cada um, duas vezes por semana. Por que não? Por que não??

As meninas entrevistadas na revista dizem que usam o dinheiro pra viajar, pra ter suas bicicletas e depois seu carro. Pra poder andar sozinhas, pelo caminho que der na telha. Sem depender de carona. Muito menos implorando o dinheiro da passagem pro pai. Será que isso é a tal Liberdade-Igualdade-Fraternidade? Vai ver que é... Pelo menos, faz sentido.

O que seria da escola se não existissem os exames? Eu, pelo menos, só começo a me mexer na véspera duma prova. Aí, estudo. Se passo, ótimo. Posso esquecer tudo, tudinho, assim que sair a nota. Se for reprovada, tratar de passar manhãs, tardes e noites com os cadernos e livros, até saber tudo de trás para frente. Infernal! Daí, depois do novo exame, liberou geral. Qual é o sentido de aprender para esquecer?

Ah, deusa da paciência. Me ajude! Vai ser um café da manhã premiado!... Todos com a maior cara de sono, emburrados, sem o menor espírito de bom-dia. Meu pai olhando o jornal com ar furioso. Imagino o que está passando na cabeça dele. A inflação subiu, estourou outro escândalo e ninguém vai tomar nenhuma providência, a pouca-vergonha é geral, este país não tem caráter, são todos uma cambada de ovelhas dizendo "amém". Fala isso todo santo dia.

Minha mãe faz aquele ar de quem está prestando atenção. Especialidade dela. Nem está aí pro discurso do meu pai. Fingidíssima. Só preocupada com a lista de coisas que tem pra fazer hoje. Morrendo de dó dela mesma. Olha seu bendito papel, risca, rabisca, confere, lembra, põe em outra ordem, suspira... Achando que é uma santa. Esperando aplausos e flores. Meu irmão, *of course*, numa boa. Nem aí pra coisa nenhuma. Assobia e tenta me passar uma rasteira. Na maior criancice. Nada na cabeça.

Todo dia é isso. Ou quase isso. Não muda... Eta vidinha sem graça.

Conto até dez. De novo. Paciência, paciência. Tenho que esperar o momento certo pra falar com papai. É muito importante. Ufa, ele dobrou o jornal. Acabou. É agora.

— Paiê.

— Sim?

— Seguinte. É muito sério. Estou precisando dum dinheiro extra. Vou comprar umas coisinhas hoje. Inadiáveis. Tenho que achar o presente de aniversário pro Rodrigo.

— Que Rodrigo, Miriam?

— Puxa, pai! Rodrigo, o meu provável namorado! A gente está de paquera. Não fica fazendo essa cara de quem não sabe de quem estou falando. Já te apresentei. Na festa do clube. É aquele moreno, lindo, de olhos verdes, lembra? Parecido com o seu ídolo, o Chico Buarque. Tão parecido que também vai estudar arquitetura. E toca um violão maneiro. Quem sabe você tem sorte e ainda vira sogro dele? Vai poder fazer de conta que conversa, finalmente, olhos nos olhos, com o Chico.

— Sei, sei... E daí?

— Como, e daí? O homem mais incrível que apareceu na minha vida nesses últimos longos anos vai fazer 18 anos. Vai acontecer uma superfesta. Fui convidada e preciso comprar um presente. Que ele goste e que fique impressionado com o meu bom gosto. Não sei ainda o quê. Algo simples e único.

— Sei, coisa pouca. Só simples e único... E o que quer de mim? Uma ideia, por acaso?

— Nem pensar. Quero é dinheiro. Pode até ser emprestado. Você me adianta agora e depois desconta da minha mesada. Que tal?

— Hum, hum. E quanto precisa para esse presentinho?

— Bem, a questão não é só o presente. Preciso também de

roupa pra festa. Vestido, sapato, pochete. E também o novo CD duma banda de *rock*, a New Order, simplesmente divina. Quem não tem está por fora de tudo... E um pôster do Homem-Aranha pra colocar no meu quarto. Imprescindível pros antenados! Pensei muito. Só do que estou precisando agora mesmo. Tudo primeira necessidade.

— É claro. Tudo de importância fundamental. Você sabe, por acaso, quanto eu ganho? E quanto gasto pra sustentar esta família? Tem noção de quanto custa o supermercado da semana, o montão de aulas suas e de seu irmão, as mensalidades da escola, o dentista, a farmácia? Sabe há quanto tempo eu e sua mãe não vamos ao teatro porque as entradas estão caríssimas? Tem ideia de tudo o que cortamos de nossa vida porque o dinheiro não dá? E você precisa, pra hoje, dum pôster. Tenha paciência, minha filha! A crise está braba. Você já tem idade pra ter noção do que é inadiável e do que não é.

— Quer dizer que você não vai adiantar nada da minha mesada?

— Não.

— NÃO???

— Não. Pelo menos hoje. Ou melhor, até o final da semana. Aí a gente fala de novo e vê o que pode fazer.

— Não acredito no que estou ouvindo. Não acredito. Vou denunciar nos Direitos Humanos. Vão ficar atônitos! Ou vou dar queixa em algum sindicato. Quem será que cuida dos direitos do menor? Ligo já pra CUT e vejo que providências posso tomar.

— Tá legal. Faça isso. Depois me conta. Ou me demonstre o que resolveu fazer. Vou aguardar com impaciência. Agora, tchau. Dá um beijo.

— Beijo? Nem morta! Pai desnaturado. Sem coração. Estátua de gelo.

Se é para viver nessa incompreensão, nesse deserto, melhor ir direto prum convento. Daqueles de antigamente. Triste, todo cercado de muros. A pequena porta se fecha, para sempre, assim que se entra. Trancada *forever*. Com voto de pobreza feito. E voto de silêncio. Calada o dia todo e todas as noites. Só rezando. Orando. Terços e novenas. Cantando hinos. Cuidando da horta. Casada com Jesus e longe, para sempre, de Rodrigo e sua lembrança. Serei uma freira sempre lembrada por sua bondade e espírito de renúncia. E saio desta casa onde nem percebem o quanto me sacrifico, o quanto desisto do que preciso. Vão perceber isso no dia em que a porta do convento se fechar para sempre. E não aguentarão o próprio remorso. Se escolhi este caminho, foi pela atitude fria e desumana deles. Por mais que demorem a compreender, saberão disso um dia. Quando abrirem os olhos, será tarde. Terei ido... toda vestida de negro.

Perguntas sérias pra mim mesma:
1. Por que nasci?
2. Por que não sou gostosa e deslumbrante?
3. Por que meus pais não me contam a verdade, que sou filha adotiva? Acho até que ia continuar gostando deles do mesmo jeito... Não suporto é a dúvida.
4. Por que sou tão estúpida com os outros?
5. Por que aceito calada todas as abobrinhas que me dizem, como se fossem verdade?
6. Por que não tenho personalidade?

Por incrível que pareça, a aula de História de hoje foi bárbara. Sobre a Revolução Francesa. Discutimos o tempo todo. Quem era a favor e quem era contra. Como se tudo estivesse acontecendo agora e como se a gente fosse francês. Adorei! Por que não é sempre animado assim?

A festa do Rodrigo foi de derrubar. Mil gentes. Muito tititi. Muito fuxico. Muita dança e muita comilança. Finíssima. Divertida até lá pelas onze horas, quando chegou uma pivete saliente. Agarrou o Rodrigo. Direto. Sugação absoluta. Ele, sem querer ser indelicado com a doce guria, se deixou abraçar. Muito nobre! Pra não dar bandeira de quem ficou de escanteio, saí dançando com o primeiro matusquela que vi. Tratei como se fosse o Rei da Inglaterra. O pamonha quase pirou. Aguentei tudo no maior sorriso. Altiva. Nobre. Nenhuma colher de chá pra me verem como coitadinha. Saí arrasada. Nunca mais me apaixono por um moreno de olhos verdes. Palavra de Miriam.

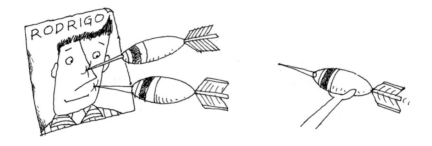

— Alô. Raquel? Oi, é a Miriam. Queria bater um papo... Posso passar aí mais tarde? Tá ok. Lá pelas seis horas, toco a campainha. Beijão.

— Ufa! Corri como louca. Pra manter a fama de pontual. Tudo bem? O que aconteceu? Você tá com uma cara!

— Nada. Estou chegando da escola. Dei aula a tarde toda pruma criançadinha que é fogo! Diabinhos. Mas adoro. Petitinhos, você sabe. Têm dois anos de idade. Correm, pulam, berram, comem, querem fazer xixi, se sujam com tinta, derramam suco na roupa, não param quietos. A professora da classe deles, a Mariana, é ótima. Mas só cuida das atividades importantes. Na hora de contar histórias, de cantar, de dar desenho, é com ela. A escrava aqui é que tem que cuidar do pesado. Mas reclamo da boca pra fora. Adoro ser estagiária lá da escola. Adoro passar todas as tardes lá. Aprendo muito mais do que no curso de magistério. Nem tem comparação... Cansa, mas é divertido. E nada se repete, nunca. Cada hora, outra história.

— Pois é, Raquel, vim aqui pra conversar sobre teu trabalho. Você está contente, mesmo?

— Adoro! Posso faltar no meu curso, mas nem penso em perder um dia com as crianças.

— Mas estagiária não ganha muito pouco?

— Pouco? Quase nada. É até ridículo. Mas é um jeito de aprender a minha profissão. Acho que vou ser professora mesmo. Curto criança pequena. Me espanta o jeito como vão descobrindo o mundo. É tão bonito, Miriam! Às vezes fico até com lágrimas nos olhos. Outras, dou tanta risada que saio contando a gracinha que o meu aluno disse. Pro primeiro que topar pela frente. Sabe, preenche a minha vida. Sinto que estou mudando, crescendo, sei lá...

— Parece até que você está apaixonada por esses garotinhos. O Renato não fica com ciúmes?

— Ai, que bobagem! O namoro com o Renato está firme. Gosto dele. Muitíssimo. Fico feliz quando estamos juntos. Radiante. Mas também adoro as minhas crianças e sinto que elas me amam. E é uma delícia sentir isso. Amor por um cara, amor por uns diabinhos. Parece que a gente fica maior, mais alta e mais gorda, pra caber tanto carinho.

— E você não se cansa? Assim direto, duma escola pra outra? Ainda usando a mesma roupa, toda suada, cabelo desarrumado... Um escracho.

— Claro que me canso. Chego morta. Suada, louca por um banho, por uma roupa limpa. Mas nem debaixo da ducha eu desligo. A água vai caindo e vou pensando no sorriso dum menino, no toque que uma professora me deu, na pergunta que outro me fez e que eu não soube responder. Me sinto ignorante, despreparada. Preciso fazer mil cursos, ler mil livros. Não posso fazer bobagens com garotos tão pequenos. Tem horas que pinta uma insegurança braba. Tem vezes que fico paralisada, sem saber o que fazer. Só quero gritar "socorro", e morro de vergonha. É incrível tudo o que está acontecendo comigo desde o abençoado dia em que comecei a ser estagiária!

— Mas você não acha esse teu trabalho muito pouco charmoso?

— Como?

— Pouco charmoso. Sem brilho.

— Ficou louca? Não ouviu nada do que eu disse? É uma glória! Exigente e bonito. Precisa mais o quê?

— Não sei. Não me convence muito. Fico lembrando das minhas professoras, desde o 1º ano. Umas chatas. Só querendo decoreba. Caras de infelizes, sempre de mau humor. Gritonas. Não imagino nenhuma delas achando tanta glória assim em dar aula.

— Muito imparcial, a sua memória... Justíssima, evidentemente. Qual é, Miriam? Eu resolvi entrar no magistério exatamente pelo jeito de falar, de pensar, de ser de uma das minhas professoras. Dona Mariinha foi decisiva na minha vida.

— É que eu fico pensando numas profissões com mais tchans, mais charme.

— É mesmo? Quem diria? Justo você, que se esforça tanto pra não aparecer...

— Não debocha. Tá legal, gosto mesmo de ser notada. E daí? É crime? É pecado? É proibido?

— Claro que não. Deixa de criancice e me conte. O que é que você gostaria de ser? De fazer?

— Penso em ser modelo. Esse é o meu sonho mais dourado. Só que não sou muito alta e a bundinha também não ajuda. Tem horas em que me vejo como atriz, aplaudida num palco, com o Rodrigo Santoro do lado me olhando derretido. Arrepio só de imaginar... Podia também ser apresentadora de TV. Divinérrima e engraçadíssima. Só que não sei com quem falar... Gostaria de fazer parte duma banda de *rock*, tocando ou cantando. É, solista. O diabo é que não sei tocar nenhum instrumento e desafino até falando.

— Hum... Tudo muito modesto. E facílimo de conseguir! Que tal chamar a fada-madrinha? Com vara de condão, talvez... quem sabe?

— É, você pra dar uma força está sozinha. Sabe mesmo fazer o meu astral subir...

— Miriam, cai na real. Que é que você sabe de TV, de teatro, de banda? Para de ler revistas de fofocas e vê se saca alguma coisa da vida simples. De todo dia. De todo mundo.

— Também pensei em pintar camisetas chocantes. Em serigrafia. Conheci um grafiteiro divertidíssimo, que faz uma baita agitação. Pinta e dança ao mesmo tempo, enche a rua toda de cor. Quis me empatotar, mas ele dá conta de seus grafites sozinho. Mas deu o toque das camisetas. Que é que você acha?

— Acho ótimo. Você sabe desenhar? Tem ideia de como se faz serigrafia? Já viu tinta de tecido? Não, né? Por que não experimenta olhar alguém que faz isso? Vai ver como é, sente o clima, tenta fazer uns desenhos. Daí vê se dá pé, se tem a ver com você.

— OK, sua desmancha-prazeres. Você tem razão. Mas que gostaria de aparecer como atriz fulgurante, vestida com uma camiseta exclusiva, cantando e dançando na frente dum imenso grafite bem no meio da avenida Paulista, isso eu gostaria. Adoraria!! Seria a glória!

— Ai, Miriam, você não cresce mesmo...

— Diga uma coisa, fessora: ninfeta pode ser profissão? Se pode, seria uma ótima... Ha, ha!

Como sou reclamona! Fico choramingando por conta do Rodrigo e esqueço o que fiz com o coitado do Rubens. É, não tinha charme. Nenhum tchan. Bem feioso. Jeito de metido. Implorou pra sair comigo. Fez de tudo pra me levar ao cinema, à lanchonete. Pediu pra Ana Maria arranjar um encontro. Até entrada prum *show* de *rock* pauleira descolou. Eu, na maior esnobação. Sem dar bola. Uma rainha. Inatingível e inalcançável. Jamais teve o prazer da minha companhia. Tadinho... E se, de repente, fosse legal? Jamais saberei...

Ainda mato, com as minhas próprias mãos, o professor de Matemática. Não entendo nada de nada do que diz. Fala números como se fossem palavras. E cuspindo, ainda por cima... Quando escreve na lousa é pior ainda. Um caos. Quer a resposta na ponta da língua. Sempre. Um suplício. Suo só de nervoso durante toda a aula. Só respiro quando toca a abençoada campainha avisando que está na hora de ele se mandar. Tipinho horroroso.

Adoro nossos tititis na casa da Sarita. Hoje foi divino. Ficamos horas trancadas no quarto dela, fazendo uma lista de com-quem-cada-uma-de-nós-queria-ser-parecida. Tinha que ser parte por parte do corpo. Muito do bem pensado e do bem escolhido. Só valia gente famosa.

A Sarita queria ter o cabelo e o peito da Madonna. O corpo e a bunda da Camila Pitanga. Os olhos da Ana Paula Arósio. O jeito da Julia Roberts. E o sorriso dela mesma. Putz. Daria um mulheraço. Lindérrima!!!

A Ana Maria pensou um bocado. Hesitou, parou e resolveu. O olho, igual ao da Xuxa. O cabelo, o corpo, o peito, a bunda, a altura, da Gisele Bündchen. Muito imaginativa... Só muda os olhos da Gisele. O resto, xerox da própria.

A Madá também quer ter os olhos azuis da Xuxa. O cabelo e o sorriso da Julia Roberts. O corpo da Gisele Bündchen, a modelo-orgulho-nacional. O peito e os dentes da Adriane Galisteu. A bunda, não conseguiu se decidir por nenhuma. Quanto ao jeito, ela está satisfeita com o dela mesmo. Deu uma mulher pra ninguém botar defeito. Cobiçadérrima!

Eu queria ter o rosto, o olhar e os cabelos da Malu Mader, que é demais. A boca da Fernanda Torres. As pernas da Cláudia Raia. Uau! O peito da Adriane Galisteu e a bunda da Camila Pitanga. Queria ter a cabeça e a energia da Fernanda Montenegro, ser *sexy* como a Carolina Ferraz, hilária feito a Regina Casé, saber chegar abafando como a Gabi. Perfeição total que eu seria!!! Quem dera... A própria Mulher Maravilha!!!

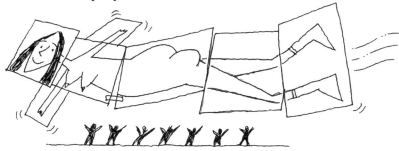

— Alô. Ana Maria? Oi, é a Miriam. Tudo em cima? Ouvi um bochicho que nas férias você vai viajar pra Alagoas, de avião, e ficar numa praia exclusiva, privê. O lance é verdadeiro?

— Certíssimo. Sem erros. Embarco daqui a quinze dias. Vou com a minha prima e umas amigas dela, divertidíssimas. Gente finérrima. Quê? Não, só volto depois de um mês. Quê? Fala mais alto, *please*... Vou e volto de avião. Agora, pra chegar à tal praia, a gente pega uma lancha-quase-iate. É da família. Parece que pilotada por marinheiro de verdade. Luxo total!!! Estou a mil, comprando bermudas e biquínis, transando outro *look*. Altas mudanças no visual! Quê? Não, te ligo quando tudo estiver pronto. Em cima. Estou sem tempo até pra respirar. *Sorry,* mas tenho que desligar agora. Preciso separar os shortinhos e camisetas gênero tropical-nordestino. *Bye-bye.*

— Tchau. Não esqueça de levar o violão. Se pintar uma serenata, você abafa. Tá, paro de debochar... Boa sorte.

— Alô. Madá? Claro que é a Miriam. Menina, estou de queixo caído! Literalmente. Aquela sem-gracíssima da Ana Maria descolou uma viagem de sonho! Sol, mar, luar, água de coco, iate, marinheiro, gente linda. Mesmo que metade seja puro delírio, ainda sobra muito... E você? Vai pra onde nas férias?

— Pintou uma superideia. A turma do vídeo está pensando em sair prumas praias desconhecidas em Santa Catarina. Descoberta pura! Caminhar, subir morro, dormir acampando ou em pensão fuleira, comer com caiçara, nadar, pescar, seguir caminho. Câmera na mão, filmando tudo. De repente, vai ser lindo. Que é que você acha? Oi... não estou ouvindo nada. Oi! Oi!! Miriam?? Pensei que tivesse caído a ligação...

— Não caiu ligação nenhuma. Caiu ainda mais foi o meu queixo... Desatinei! Acampar sem ser com a escola, com professora tomando conta e mãe de aluno xereta ajudando pra não acontecer nada que não seja "educativo"??? Teu pai deixou?!?

— Depois de muita discussão. Brigamos, ficamos sem falar por dias. Pintou tudo quanto foi chantagem. Ele vê perigos horríveis acontecendo só comigo, até num elevador. Imagine em praias desertas... A mãe foi legal. Deu a maior força. Acha que já está na hora de eu sair numa viagem assim. Depois, vai muita gente. Somos sete pessoas. Que é que você acha da ideia?

— Que é que eu acho?? Era tudo que eu queria nessa vida! Poder sair sozinha pelo mundo!

— Bem, não é sozinha. Somos sete.

— Sozinha de adultos, sua cineasta incompetente. Não entende imagens?

— *Sorry*. Sozinha.

— Andar por locais desconhecidos. Sem nada marcado. Sem reserva em hotéis. Sem dividir quarto com o irmão. Sem passeios turísticos com guia-papagaio explicando o que se está vendo e fazendo gracinhas pelo microfone. Sem gente velha e desconhecida cantando no ônibus como se fosse o dia mais feliz da vida deles. E querendo, a tapa, que seja o da nossa. Ufa! Programaço, o seu! Perfeição!

— Estou felicíssima, Miriam. Sempre quis me aventurar. Não saber o que vou encontrar quando virar a esquina. Correr riscos, entende? Ir atrás do desconhecido...

— Escute, estou morrendo de inveja, de ciúmes, mas não imbecilizei ainda. Estou entendendo direitissimamente. Mais do que gostaria... Quanto mais você explica, mais fica claro que é exatamente o que eu gostaria de fazer. Nas férias. Não, muito mais do que isso. Na vida.

— Manhê. Preciso conversar com você. Urgente.
— Tá, estou indo. Senta, menina, não fica aí com essa cara de ponto de interrogação. Que que é? O que aconteceu?
— Acabei de conversar com a Ana Maria e com a Madá. As duas vão ter férias divinas. Ma-ra-vi-lho-sas!!! Cada uma num estilo. E está na cara que vão conhecer todo um mundo novo.
— Sei. Vão pra selva? Ou pra Marte?
— Não enche. É sério. Nem é tanto pra onde. É, também. Mas é mais do que isso. A Ana Maria vai pruma praia particular, ser apresentada ao luxo, à riqueza, ao exclusivo. A Madá vai andar por caminhos desconhecidos, sem rumo definido. Descobrir coisas, conhecer gente, viver novidades... E eu?
— Ora, você, como já cansamos de conversar, pode escolher. Ou ir pra casa da sua tia em Caraguá, como nas últimas temporadas, ou pra fazenda da sua avó, que sempre adorou.
— Escolher? Entre o que e o quê? Não me diga, como se eu fosse uma débil mental completa, que é entre a praia e o campo. Ou entre a titia e a vovó. Não me trate como imbecil! Estou com quase 16 anos. Já sei de algumas coisas, por mais que a senhora insista em ignorar isso.
— Mas, minha filha, você sempre gostou de passar as férias com elas! Queria ir pros dois lugares até no ano passado! Um mês com cada uma, lembra? Quase me enlouqueceu pra conseguir arrumar condução, tempo pra organizar tudo. E foi como você quis. Direitinho. Seu irmão deu menos trabalho...

— Sei, sei. Só que se passou um ano. Eu cresci. Já não vejo a menor graça em ficar fofocando com as primas na fazenda, vendo boi no pasto, esperando a vez pra andar a cavalo, tomando leite, pulando fogueira, ouvindo história de assombração, me empanturrando de comida. Isso era gostoso quando eu era pequena! Agora, só de pensar que vai se repetir tudo outra vez, sem tirar nem pôr, começo a espirrar. De alergia e de raiva. Não dá, mãe!!

— Então, fique a temporada toda com sua tia...

— Repeteco. Praia, corrida, bicicleta, comer peixe, jogar buraco, seguir novela, tomar sorvete com as amigas da tia, paquerinha na praça. Não, não e não! Já fiz tudo isso. Não quero outra vez. *Again, again, again...* Até quando?

— Então, o que é que você quer?

— Quero viver as experiências que a Madá e a Ana Maria vão ter neste verão. E que mil outras garotas terão. Dum jeito ou de outro. Algumas colegas da escola que vão até pros States, pros States, sabia? E eu? Fazer uma coisa diferente é pedir muito, por acaso???

— Por acaso é. E sem ser por acaso, você não é nenhuma das duas. Nem as outras. E eu, muito menos, sou a mãe de qualquer uma delas. Escolha o que preferir entre o que já foi combinado.

— Claro, posso escolher entre praia e campo. É a opção que você me dá. Sempre a mesma, desde que nasci... Democracia é isso aí?

— Pode até não ser. Mas é o que posso te oferecer. Agora, se não quiser viajar nas férias, também pode ficar em casa. A opção é sua.

— Lógico. Ficar em casa. Nesta prisão. Nem bandido barra-pesadíssima é tão vigiado e trancafiado assim. Aprisionada atrás destas grades. Podendo dar só três passos lá fora. O limite é o portão. Entradas e saídas sob controle. Regime de liberdade vigiada. E quem será o meu agente da condicional? O meu irmãozinho abelhudo e dedo-duro? A tia que não tem mesmo nada pra fazer o dia inteiro? Ou a senhora, que, além de ser a chefona da penitenciária, vai também ser guarda? Controlando tudo. Querendo relatórios de tudo. Não permitindo que nada de novo aconteça. É o único jeito de segurar uma filha. Não permitir que viva sua própria vida. Grades, trancas, comida na hora certa, arame farpado. Pelo menos fala alto e em bom som que sou sua prisioneira até ser maior. Fica claro. Nada de mãe e filha. Relação de carcereiro e pivete. É isso, né?

— Ai, Miriam, deixa de ver tanta novela.

— Sim, carcereiro. Claro, carcereira. Não se preocupe com este garfo. Não vou cavar nenhum túnel com ele. O meu plano de fuga é outro. Aguarde!

Não aguento mais essa mulherzinha medíocre que é a minha mãe. Nem esse acomodado do meu pai. Não suporto mais esta vidinha boba que vivo por conta da cabeça deles. Queria ser uma pessoa diferente. Corajosa. Decidida.

Lembro daquele livro lindo do Fernando Moraes, *Olga*. Não é romance. É biografia duma mulher fantástica. A Olga Benário Prestes. Quando penso que quando ela tinha 15 anos, mais nova do que eu sou agora, já estava com um revólver na mão pra salvar seu namorado Otto dum julgamento injusto! Isso foi na Alemanha. Ela nem vacilou. Entrou, gritou, soltou. Depois fugiu, se escondeu por mil terras, ficou levando uma vida dificílima. Não saiu só de casa. Mudou de país. Comunista, ela. Topava tudo pelo que acreditava. Casou com o Luís Carlos Prestes, veio pro Brasil, foi presa, mandada de volta pra Alemanha porque era judia. Foi grávida prum campo de concentração e nunca perdeu a fé. Sofreu, apanhou, aguentou tudo. Lá nasceu a filha dela e lá ela morreu. Moça ainda. Uma mulher sem medos. Nem do presente, nem do futuro. Queria ser como ela. Não levar uma vida assim tão triste, tão sofrida. Mas ser uma pessoa como ela foi. Não como é a minha mãezinha, cansada por nada.

Outra mulher fabulosa conheci no cinema. A Rosa Luxemburgo. Corajosa, decidida. Também era comunista. Enfrentava polícia, política, prisão, auditório, na maior valentia. E ainda tendo problema de saúde. Mancava, coitada. Mulher inteligente, parece que foi importantíssima. Escreveu livros. Admiro quem acredita nas próprias ideias. Quem não fica girando num mundinho pequeno e besta. Sem saídas. Quem luta por um mundo diferente. Com saídas. Será que toda comunista é assim? Será que estou virando comunista? Sei lá... Nem sei direito o que é isso...

O incrível é que fiquei conhecendo essas duas mulheres bárbaras por puro acaso. A Olga, porque a professora de português obrigou a gente a ler. Acertou na mosca. Torci o nariz no começo e fiquei alucinada no fim. Valeu! A Rosa Luxemburgo porque, quando fui ao cinema pra assistir a uma comédia badalada, a fila virava o quarteirão. Deu preguiça de esperar. Resolvemos ver o filme que estava passando no cinema ao lado. Nem desconfiava do que se tratava. Nem a Madá, que estava comigo. Entramos por entrar. Saí besta. Mexidíssima. Será que é por acaso que acontecem as grandes descobertas da vida? Ou era o meu momento certo para conhecê-las? Deve ter sido...

Morro de admiração pela prima da Fabíola. Tem 20 anos, trabalha e mora sozinha. Não depende de ninguém nem dá satisfações pra ninguém. Só ela manda nela. Minha ídola conhecida. Queria tanto ser amiga dela...

Preciso ter coragem. Preciso ser como essas mulheres. Preciso saber o que quero. Já sei o que não quero. Não quero levar uma vida como a dos meus pais. Toda controladinha. Então, mesmo que viva confusa, que mude de ideia toda hora, que misture todas as estações, tenho que tomar uma resolução. Parar de choramingar. Parar de bater a porta com raiva. Com ódio. Me fechar no meu quarto não resolve nada. Alivia. Só isso.

Que raio de independência é esta que tenho aos quase 16 anos? Independência pra ir à escola, pra ajudar em casa, pra passear com os amigos nos dias certos e com hora marcada pra voltar? Liberdade sem dinheiro pra coisa nenhuma? Sem poder decidir sobre nada do que me importa? Sem poder fazer o que quero, mesmo que seja besteira? Tendo que dizer "Sim, senhora", "Claro, meu senhor, entendi direitinho"? Não. Não. NÃO. Chega. Não dá mais. Daqui pra frente, vou fazer como aquela garota do filme *Com licença, eu vou à luta*.

Perguntas seriíssimas que faço pra mim mesma:
1. Por que não posso ser feliz?
2. O que é que vim fazer neste mundo? Afinal, eu não pedi pra nascer!
3. Por que o Rodrigo não gostou tanto de mim quanto eu dele?
4. O que é a vida, afinal?
5. Existe mesmo destino?

Sinto a maior falta do Marcos. Do nosso namorico no clube. Piscina, muito sol, água gelada caindo pelo corpo e descendo pela boca. Divertido de manhã e sem papo de tarde. Neste calorão, lembro dele. Muito. Vontade de ver aquele tremendo gato, de mergulhar juntos na piscina, de sentir a mão dele me ajudando a subir a escadinha da piscina. Arrepio total!

Muito bem. Mãos à obra. Necas de viagem nestas férias. Vou transar um emprego. Talvez descole um pro verão mesmo. Quero pra já. Pra ontem.

Podia dar aulas particulares. Sou boa em História, em Geografia. Sei inglês pro gasto. Daria pra ensinar quem está no 5º, 6º ano. Só que odeio meninada de 10, 11 anos. Tenho vontade de esganar. Só de pensar em ficar uma tarde inteira com gente como os amigos do meu irmão, me arrepio. Não, não teria paciência. Explicar é uma canseira. Sem tchan. Não daria certo.

Trabalhar num desses cursos de férias que existem num montão de escolinhas. Pra crianças que não vão viajar. De qualquer idade. Ficam desenhando, fazendo teatro, esportes, essas coisas. Quem sabe? Telefono prum desses anúncios e vejo o que é que pinta... É pra já.

Credo, que gente mais sem educação. Nem queriam papo. Má vontade total. Só porque não faço magistério, estou fora. E como não tenho experiência com crianças, fecharam a cara. Deu pra sentir pelo tom da voz. Voz de cara amarrada. De quem está esperando matrícula e não pedido de emprego. Parece que mexer com criança só dá pé pra Raquel. Outro ramo. Outras habilidades.

Sou mesmo uma besta. Por que não lembrei antes? A prima da Madá tem um bico legal. Ai, como é mesmo o nome dela? Esqueci... Peraí, tem que estar na agenda. Só achar o dia em que lanchamos juntas. Bingo! Renata. Vou ligar já.

— Renata? Oi, aqui é a Miriam. Não sei se você se lembra de mim...

— Lógico. Batemos um superpapo no Viena. Tudo bem?

— É. Mais ou menos. Lembrei que você descolou um servicinho simpático.

— Não é bem um servicinho. Eu vendo maquiagem. Compro direto dum amigo que fabrica e revendo pra quem quiser.

— E como você ganha? Comissão?

— Não. Eu compro e depois calculo o preço pra ter um lucro. E aí vendo.

— Será que dá pra eu tentar?

— Dar, dá. Só que você precisa ter um dinheirinho pra comprar um estoque. No começo, demora pra voltar o que você gastou. Depois, é mostrar prum montão de gente. Tem quem quer um batom justo da cor que acabou, quem precisa dum *blush* duma cor que ainda nem foi inventada, quem faz a gente só perder tempo porque não quer nada, só fazer hora. Tem de tudo.

— Quer dizer que preciso de grana, dum tempo enorme, duma lista do tamanho da população de Jundiaí com nomes de pessoas que poderiam comprar a tal maquiagem. Só isso?

— Só isso, não. Precisa ver se o meu amigo pode te fornecer material. Ele não fabrica tanto assim... É um laboratório pequeno, na casa dele mesmo. Eu sou a sua terceira revendedora. Você ia ter que esperar. Certeza.

— É, é mais complicado do que imaginei. Achei que seria facílimo. Vou dar uma pensada e te telefono. Obrigada, hein? Um beijão.

— Ligue mesmo. Mas mais pra noite. Hoje me achou por puro milagre. Passo as tardes olhando as bocas que querem ficar brilhantes, os olhos que querem aumentar de tamanho, os narizes que desejam ser mais finos... Tem horas que é um saco!

— Tá, tudo bem. Ligo de noite. Beijão *again*.

Eu, hein? Nem de madrugada. Que é que ela pensa? Que sou dona de banco? Que tenho financiador pro meu primeiro trabalho? E aguardar uma sobra na produção do talentoso moço pra ver quem quer comprar, depois que eu já tiver pago?!? Não, pra mim não dá. Pelo menos agora. Pena. De repente, seria divertido. Não, não seria. Isso é trabalho pruma senhora quase velha. Que fica matando tempo na casa dos outros. Mesmo que eu esteja tentando me consolar, não dá.

Vamos lá, Miriam. Concentração pra ter outras ideias. Melhores! Pensamento positivo. Não custa acender uma vela e dar uma boa duma rezadinha. Pedindo ajuda. Pra Nossa Senhora dos Aflitos. É dela que preciso. *Now*.

Vamos ver o que sei fazer. Artesanato? De jeito maneira. Bordar, costurar, enfeitar? Não tenho o mínimo jeito. Desastre total. E não curto muito essa moçada sentada nas ruas e praças vendendo coisas de couro e de arame. É tudo muito feio. Muito igual. Sem brilho.

Digitar pra fora? Como, se nem sei digitar pra dentro? Posso fazer um curso. Só que fica difícil achar quem me contrate dizendo que ainda vou aprender a mexer no computador. Baita educação inútil que tive! Na escola e em casa. Não sei fazer nada.

Absolutamente nada. Emprego pra quem lida com computador tem de montão. É só olhar os anúncios. Só que não estou exatamente habilitada. Jesus, o que fazer?

Cozinhar incrementado? Numa loja de doces transadérrima com tortas de babar só de ver na vitrine? É, posso ir e ficar olhando... É o máximo que consigo. Nem pudim de leite condensado consigo fazer direito. Patês? Lógico, lógico... Adoro comer com torrada! Como é que fica aquela massa fininha, fininha, coloridinha, salgadinha, cada uma com um sabor diferente, nem desconfio. Mais complicado que Geometria.

De dançar, eu gosto. Até que não sou de todo má. Mas não acredito que dê pra ser *guguzete* ou *xuxete* ou qualquer outra *ete*... É só conferir no espelho. Está faltando muito mais peito, pernas mais bem torneadas, redondeza na bunda. E saber rebolar em cima de salto de quinze centímetros de altura. Não consigo usar nem saltinho cinco e meio que entorto de primeira. Carreira de dancete periga não ser exatamente um sucesso.

Posso dar aulas de natação. Nado desde pequena. Já segurei muita criança na piscina do clube, quando tem medo de pular, de saltar, de se afogar. Dando a maior força pra sentirem o caminho das águas. Me sinto bem fazendo isso. Só que, pra campeã, falta muito. Falta tudo. Imagine se o japonês chefe da piscina vai me levar a sério. "Profissional?", vai perguntar com um sorriso amarelo. Não suporto deboche para cima de mim. Continuo indo ao clube como sócia. Nadar, por gostosura. Pra me sentir bem, leve, solta. Nem pensar em usar maiô como uniforme de trabalho. Ideia ridícula!

Seria podre de chique ser filósofa. Claro, se tivesse a menor ideia do que um filósofo faz todo dia. Não pode ser só ficar quieto, pensando, pensando... Quem é que pagaria alguém pra fazer isso? Pensar, eu penso. Imagine apresentar uma conta, tipo restaurante, depois duma tarde com muitas ideias profundas?? Posso sorrir e dizer que a gorjeta está dispensada. Bem filosofal!

Peraí! Tenho a dica do grafiteiro. Pintar camisetas. Tenho o endereço num cartão que me deu. Podia ir lá, dar uma conferida. Será que encontrei a minha salvação? Telefono antes? É, fica mais adulto.

— Alô. É da firma do Marcelo? De camisetas serigrafadas?
— Era.
— Como? Não entendi.
— Entendeu, sim. Era. A firma fechou. Faz dois meses. Saíram daqui com pilhas de camisetas nas mãos e me devendo três meses de aluguel.
— E a senhora sabe onde posso encontrá-los?
— Se soubesse, já tinha procurado. Pra acertar contas. E pra não ficar mais atendendo telefonemas de desocupados. Passar bem.

Essa foi de derrubar. Estou tão deprimida que não vai dar pra segurar. Tanto entusiasmo e em algumas horas tudo foi pelos ares. Portas e mais portas, todas trancadas. E não conheço o endereço do chaveiro.

Do jeito que estou me sentindo, poderia ser enfermeira. Toda de branco. Andando silenciosa pelos andares mal iluminados do hospital. Entrando no quarto dos gravemente doentes. Cuidar, trocar lençóis, dar banho, fazer curativos. Me dedicar totalmente ao enorme sofrimento dos outros. Tão abnegada que todos me elogiariam e exigiriam a minha presença dia e noite. Insubstituível. Eu, humilde, modesta. Aguentando a dor dos outros na maior nobreza. Ajudando os médicos, que se curvariam perante a minha experiência e sabedoria. Incansável.

É um sonho lindo. Só que preciso é duma enfermeira abnegada pra mim. Pra me consolar. Pra dizer que vou conseguir. Que não é o fim. Que é só o começo. Mas não precisava ser um começo tão duro. Com tanta má vontade. Mundo injusto! A gente resolve dar um grito de guerra, ser independente, e o que é que acontece? Nada. Nada de nada. Dizem que não tenho capacidade, que não tenho experiência. Bem, não foram exatamente os outros que me disseram. Eu é que me disse. A verdade verdadeira é esta. Amanhã vou levar um papo com umas amigas que são profissionais. Quem sabe pinta uma luz? Figa forte e reza brava.

"Caminhando contra o vento, sem lenço nem documento, num sol de quase janeiro, eu vou, eu vou..." Tudo bem. Cabeça feita com a música do Caetano Veloso explicando direitinho como me sinto. Bem. Muito bem.

Uau!!! Nem tinha pensado em banco. *Why not?* Entro neste aqui com cara de quem vai descontar um cheque do Antônio Ermírio ou do Abílio Diniz. Ar de quem nasceu riquésima. Divertido. Agora, um ar mais modesto pra perguntar praquela garota de sorriso torto, como é que se pode trabalhar aqui.

— Ei! Ei!! É. Você mesma.
— Sim? Já foi atendida?
— Não. Não quero ser atendida. Só quero uma informação.
— Pois não.

— Olha, o que é que a gente faz pra trabalhar num banco? O que é que precisa saber? Quantos anos tem que ter?

— Em qualquer banco, não sei. Aqui, eu comecei com 15 anos. Quando terminei o 9º ano. Não precisa saber grandes coisas. Tem que preencher uma ficha com seus dados. Coisa simples. Quando pinta uma vaga, te chamam.

— Só isso?

— Sim, pra se inscrever. Quando chamam, aí você faz testes. Primeiro, um de Matemática, Português e conhecimentos gerais. Fácil. Sem problemas. Quem passa, faz um teste com o computador. Rapidez, agilidade, conhecimento de vários programas. Depois, uma dinâmica de grupo e uma conversa com um psicólogo. Se foi bem em tudo, te colocam como estagiária. E logo te mandam pro setor onde vai trabalhar. Não tem mistério.

— É, parece que não. É bom o trabalho? Dá pra ganhar legal?

— Dá pra ganhar alguma experiência. E olhe lá. O pagamento é uma miséria. Com o que se gasta em condução e lanche, não sobra quase nada.

— OK. Obrigadíssima.

Bem, não vai ter jeito. Vou ter que fazer um curso de computação. Medida urgente. Pelo menos tenho uma informação concreta. E não é nada complicado. Pra anotar, pensar e resolver.

Click. Atenção. *Cheese*!! Outra vez. Ótimo assim. *Click.*

Vou encontrar Luci e Malu. As duas fotógrafas das muito bem-sucedidas. Estão cheias de serviço. Nem dão conta. E têm a minha idade. Ainda bem que arrumaram um tempinho prum papo comigo. Avisei que será rapidíssimo. Um *look* geral sobre a profissão delas e saber se dá pé pra mim. Será? O que será, que será??

— Nossa, vocês estão lindas! Supers! *Smack, smack.*

— Miriam, ótimo ver você. Vamos logo pro papo porque temos um compromisso às quatro horas. Tirar fotos dos filhos duma madame que quer fazer pôsteres. Um com cada filho. Supercombinado. Nem pensar em atrasar.

— É que resolvi trabalhar. Ganhar pra mandar na minha vida. Tomar conta de mim mesma. E estou assuntando pra ver o que existe, o que pinta, o que se exige, o que é melhor nem pensar. Como vocês já estão nessa há um tempinho, achei que seria legal prosear.

— Um tempinho? Eu ganhei uma máquina quando fiz 5 anos. Daquelas vagabundas, de criança. Tirava fotos de tudo que via pela frente. Gastei uma fortuna com filmes. Fui crescendo sempre com uma máquina na mão. Claro, cada vez uma um pouquinho melhor. Fotografava festas, ceia de Natal, onde eu estivesse clicava o que estava acontecendo. Procurei cursos e não sabia aonde ir. Até que consegui um endereço. Nem bem terminei o primeiro curso, comecei outro. E mais outro... E outro. Agora, estou acabando um de dois anos. Depois, quero fazer o do Senac. Preciso aprender a pegar o meu jeito. E dominar novas técnicas.

— Putz. Fiquei sem fôlego... Só isso? Ou ainda tem mais onde aprender?

— Gracinha de menina. Batalho por um estágio. Num estúdio dos grandes. Sacar tudo que puder. E leio qualquer revista de fotografia. Daqui e de outros países. Vejo com supercuidado. Estudo cada foto que me parece especial.

— E como é que pintou o lance de se profissionalizar? Quer dizer, você já tem onze anos de câmera na mão... Mas quando deu o *click*?

— Você lembra. A gente até ia junto muitas vezes. *Shows* de gente fantástica. De bandas. Eu ia, mas não só pra escutar. Queria fotografar. Uma vez, tirei uma do Lobão. Ficou bárbara. Quando revelei, assustei. Lindona! Ampliei grandona.

A turma da classe viu e ficou ouriçada. Todo mundo queria. Ampliei umas cinco e vendi. Queriam mais. Fiz mais. Choveram encomendas. Parece que aquele pessoal da escola começou a me ver pela primeira vez. Me descobriram. Queriam olhar mais fotos minhas. Mostrei até umas bem antigas, duns três anos atrás. Uma menina, que produzia cartões-postais, estava fazendo o seu *book*.

— *Book*? O que é isso?

— Uma espécie de álbum onde a gente coloca alguns dos melhores trabalhos que fez. Pra mostrar pros outros o que se sabe e o que se pode fazer. Um álbum com capa dura, sério, de cor bem escura. Elegante. Dentro, as fotos nas folhas de plástico. Cada página, uma. Destacadíssimas. Coloridas, em preto e branco. De gente, paisagem, moda, agitos, flagrantes da cidade. Qualquer assunto que a gente sacou legal. Entendeu?

— *Of course. Thank you.*

— Então a tal menina, a Malu, me chamou pra fazer o meu *book*. Fiz. Ficou bárbaro. De primeira. E tudo sem a ajuda dos meus pais. Depois dum tempinho, ela e eu acabamos ficando sócias. E estamos até hoje juntas, na batalha.

— Ai, Luci, que lindo! Fazer o que gosta, do jeito que gosta. Conseguir sozinha... Pinta sempre trabalho?

— Pintar, pinta. Mas batalhamos adoidado. Direto. Distribuímos cartão pela vizinhança. Tiramos fotos de festinhas de aniversário, de comemorações, de formatura. Revelamos. Entregamos prontíssimas. Super bem-acabado, bem embalado. De primeira qualidade!

— Bateu inveja de vocês.

— É, fazemos o que gostamos. Trabalhamos sem patrão. Mas são anos de preparação. Tirar fotos, não aproveitar nada dum rolo inteiro dum filme, fazer cursos, passar horas trancadas num laboratório, investir em máquinas, em lentes, em *flashes*, em *books*. Gastar muito dinheiro. Acreditar e investir na gente. Acreditar no olho que vai sacar a situação legal, o ângulo que ninguém mais viu. E saber que tem muito ainda o que aprender. Aqui e no estrangeiro. Na rua e nos estúdios.

— É. Não é pra mim... Nem numa maquineta de criança consigo mexer direito! Imagine com todas essas lentes, luzes, laboratório, o escambau... Bem, foi ótimo. Deu pra sacar um montão de coisas. Da preparação pra um ofício. E pra modelo? Acham que eu teria chance?

— Bem... Sabe como é, né?...

— Como é que é o quê?

— Bem, você não é muito alta. Nem muito magra. Nem muito diferente. Tem muita menina lindíssima batalhando nesse pedaço. Se quiser, dou o endereço dum fotógrafo e ele faz umas fotos suas. Procurando os seus melhores ângulos. Que pode ser o rosto, o corpo de maiô, com o cabelo preso, sei lá. Aí, escolhe algumas, umas cinco, bem expressivas. As que vão pro seu *book*. Pras agências olharem como você fotografa, pro que pode ser chamada. Ele é especialista nisso. Mas custa dinheiro. Não é baratinho, não. Não sei se vale a pena...

— Tá. Entendi. Beijos. *Smacks. Cheese.* Quando precisarem de alguém com uma cara divertida, me chamem. E, quando tiverem ingressos prum *show* descolado, chamem também. Carrego lentes. Troco filmes. Vou como assistente. Topo todas.

— Se você jurar que só acompanha e não põe o dedo em nada, eu convido. Mas telefona pra gente prosear, ir ao cinema, lanchar, andar por aí. Você é um barato como companhia.

— Tá. Ligo, sim. Fico besta de ter amigas assim tão definidas como vocês.

Adoraria mesmo ser modelo. Estar sempre super bem-vestida, bem maquiada, lindérrima. Caminhar pelas passarelas do Rio, da Bahia, de Tóquio, de Nova York. Badaladíssima. Entrar e sair de avião, como quem vai à padaria comprar leite. Me ver em tudo que é revista colorida mostrando, com meu charme inconfundível, um *jeans* ou uma calcinha. Ir a programas de TV dar entrevistas, fazer parte de júri, dar minha opinião e minha nota pros calouros e iniciantes. Glória total!!! Sentar ao lado de gente importantérrima como se fosse igual a eles. E seria. Ser reconhecida na rua, dar autógrafos.

Ter uma agenda com muitos compromissos anotados, até em inglês. Ter que recusar uns trabalhos por falta de tempo ou de interesse. Ou por ser contra os meus princípios. Chiquérrimo! Ganhar um dinheirão. Indo a festas. Sendo convidada pra fazer teatro, novela, filmes. Meu rosto em capa de revistas. Fama e riqueza! E ser tratada como mulher. Cobiçada por vários homens. Até esnobando. Namorando com dois ou três ao mesmo tempo. Ou um logo depois do outro. Sucesso!!! Mesmo que digam que dura pouco. Sei lá o que é pouco... Até uns 20 anos? Uns 22?? Não é nada pouco...

Só que não estou com essa bola toda. Nem dinheiro pra pagar as fotos eu tenho! E nem sonhar que a minha distinta família vai patrocinar isso... Bem, não é também pra desistir assim. Arrumo emprego, ganho meu dinheirinho, junto e quando puder faço o meu *book* e tento me lançar. Até lá, quem sabe meu tipo entrou na moda? E serei justamente a garota que estarão procurando? Projeto adiado. Não arquivado.

Chega de corpo mole. Ação. Rápida. Sarita, a rainha das abobrinhas, a maior cuca fresca do pedaço, já trabalhou num montão de butiques. Acaba sendo despedida, mas arranja outra. No ato. Não presta atenção nas clientes, não sabe o preço de nada, só quer saber de prosear com quem aparece e de experimentar, no seu corpinho deslumbrante, as roupetas à venda. Fica sabendo das modas, do que já está inteiramente fora de qualquer guarda-roupa decente, o que se deve usar numa festa ou num *show*. Na dela! Gira pelos lugares badalados. Posso perguntar se sabe dalguma coisa pra mim. *Who knows?*

— Sarita, entrei na loja pra bater um papo rapidinho contigo. Dá pra ser agora? Ou é melhor me mancar e dar uma esperadinha? Numa boa.

— Imagine. Não estou fazendo nada mesmo. Quer ver uma míni?

— Não. Quero saber se você sabe dum trabalho pra mim. Por aqui mesmo.

— Aqui não tem nada. Congestionado. Mas sei duma loja que está precisando duma moça. Não é butique. É papelaria. Serve?

— Papelaria?? Adoro coisas papelais. Claro que serve. O que faço? Vamos, me diga tudo. Já. Estou pra ter um colapso.

— Se segura. Não precisa dar chilique. É aqui perto. Nesta rua mesmo. Só atravessar. Quer esperar eu sair ou vai sozinha?

— Me dá o número da loja. Estou indo. Torça e reze por mim. Depois te conto tudo.

— Diz pra dona que você é minha amiga. Ela é minha chapinha. Super gente fina.

— Manhê, manhê. Oi! Ficou surda? Corre aqui. Senta pra não desmaiar. Respire fundo. Escute. Arrumei um emprego. Começo amanhã mesmo. Numa papelaria. Não daquelas transadérrimas. Tipo normal. Não, um pouco mais do que normal. Regular. Vou trabalhar meio período. Só de tarde, pra experimentar. Estou superentusiasmada. Fui lá e só falei no nome da Sarita. Consegui de cara. Já sei o ônibus que tenho que tomar. Tem um direto. Você não vai dizer nada?

— Boa sorte. Divirta-se. Tenha ótimas férias como balconista.

Estou adorando esse trabalho. Mexo com papéis coloridos, cadernos, canetinhas, clipes, durex, pastas enormes, etiquetas de todos os tamanhos, disquetes e cartuchos de impressora, a tarde toda. Delicioso! Implico com papelada de graça, sem sabor. Tipo guias, formulários, recibos. Na hora de calcular o pagamento, faço besteiras adoidado. A dona no começo sorria, depois começou a fazer cara feia. Disse que não pode bancar o pronto-socorro o tempo todo. Pra isso me paga. Tem razão. Mas é muita coisinha pequena, cada uma com um preço diferente, dependendo da marca, da qualidade. Acabo tirando tudo isso de letra. Tempo e paciência e chego lá!!!

Tem horas em que isso cansa. Muito!! O dia inteiro de pé, atrás do balcão. Esperando pessoas que nem sempre sabem o que querem. Ou mudam de ideia. Ou acham caro e desistem. Ou pedem desconto. Como se eu mandasse aqui... Depois da dona, devem achar que sou eu quem dá a palavra final. Inacreditável....

Fora as criancinhas, que com algumas moedinhas querem comprar não sei o quê, que não dará. Nunca. Chato. Chatésimo. Fico pra morrer de dó. Mostro rápido outra coisa baratinha pra ver se se consolam.

Fico também horas no depósito, separando o material encomendado. Um tal de contar, recontar, olhar nas faturas, ticar com o entregador. Infernal! Depois arrumar nas prateleiras e no estoque. Calculando quanto pra onde. Mais arrumação. E tome poeira na cara, na roupa. E sobe e desce escadas pra pegar coisas. Cansa. Bastante. Cansa o corpo e cansa o sorriso, que sempre tem que estar mostrando a maior das boas vontades. Até pra gente sem educação. "Claro, minha senhora", "Pois não, doutor". Ufa...

Tem dias em que me sinto radiante. Hoje mexi em caixas de decalcomanias antigas. Lindas! Gosto de atender umas pessoas que são quase como freguesas minhas. Vêm direto pra parte do balcão onde estou. Me chamam pelo nome. Dá contenteza. Gosto também de tirar cópias na xerox. Me sinto supertecnológica. Embora seja uma besteira. Qualquer garotinho pode mexer naquela máquina. Mas pra mim tem sabor de novidade. Na calculadora, estou craquérrima. Sem erros. Quando recomeçarem as aulas, não vou ter nenhum problema. Gozado, como é diferente *precisar* usar alguma coisa de usar só por usar. Muda tudo...

Sarita passou aqui. Fomos dar uma caminhada. Paramos numa confeitaria e ela comeu dois doces. Enormes. Três esquinas pra baixo, quis tomar sorvete. Uma *banana-split* colossal!! Mandou ver inteirinha. Nunca vi. Devora tudo e não engorda. De matar de inveja. Não perde um lance de qualquer vitrine, enxerga bainha solta da saia de qualquer garota passando na rua, vê batom borrado ou salto alto entortado a léguas de distância. E tudo sem parar de falar. De tudo. E rir. De tudo. Uma figuraça!

Não acredito. Meu primeiro ordenado. Coração batendo num pique acelerado. Já contei umas vinte vezes. Quando assinei o recibo, tive que segurar o grito e a vontade de sair pulando. Pelas ruas. Dia importante na minha vida. O dinheiro não é grande coisa pro duro que dei. Mas é todo meu. Veio do meu trabalho. Nem sei o que vou comprar com ele. Tantos sonhos, tantos namoros com roupas, sapatos, CDs... A noite vai ser de gastança total!!!

Alex pintou na minha vida. Um realce só. Louro de olhos azuis. Bem alto, mais de um metro e oitenta. Tipo surfista. De tirar a respiração. Toda hora baixa na papelaria. Compra adoidado. Trabalha como desenhista numa revista. Me paquera muito. Muitíssimo. Gamei.

Finalmente me convidou pra tomar um sorvete. Mostrou seus desenhos. Babei. Ficamos horas nos olhando, sorrindo, rindo, conversando. Acho que tomei umas dez cocas. Parei na dele. E ele, acho, na minha.

Estamos saindo juntos há duas semanas. Gloriosas. As mais divinas da minha vida. Nunca fui tão feliz!!!

Fomos, hoje à noite, num bar transado. Da moda. Mil gentes. Altos agitos. Empurra-empurras. Uns querendo passar, outros entrar. Fila para esperar lugar. Animadíssimo. Encontramos alguns amigos dele. Risadas, fofocas, danças, olhares. Divertidíssimo. Programaço. De adulto. Me sinto importantésima...

Hoje, não curti o Alex. Dei um basta. Beijar é gostoso. Arrepiante. Efervescente. Ele quis passar as mãos por todo o meu corpo. Fiquei com vergonha. Com medo. Disfarcei. Ele insistiu. Brequei. Ele continuou. Fechei a cara e voltei pra casa. Sozinha. De mal...

Liguei prum montão de cursos de informática. Procurei nas listas amarelas. Reuni todas as informações. Preço, horário. Pelo que saquei, vou demorar uns quatro meses pra aprender direitinho. Indo todos os dias, três horas por dia. Saio craque. Vou pensar no melhor horário e no endereço mais cômodo pra mim. Esse curso quem paga sou eu. Começou a marcha da independência. Preciso inventar um hino.

— Papai?
— Sim?
— Entrei só pra tomar um banho e mudar de roupa. Vou ao cinema. Marquei na porta com uma das colegas da papelaria.

— Que filme?

— Uma comédia engraçadíssima. Superelogiada. Quem viu, gostou.

— Bom divertimento! Dê bastante risada. E depois me diga se acha que vale a pena eu ir ver, tá? A que horas volta?

— Não sei. Depois do cinema, vamos dar uma andada pelo *shopping*. Ver algumas lojas. Comprar algumas coisinhas. Não tenha nenhum enfarto. *It's my money*. A gente conversa quando eu voltar. Tchau. Um beijo.

Outro titi fantástico na casa da Sarita. Só mesmo lá pra ficar horas falando abobrinhas e sonhando alto. E devorando batatas fritas! Hoje pensamos nos homens ideais. Aqueles que queríamos ter.

A Ana Maria fez uma declaração. Pra ela tem que ser um cara simpático, educado, alto, magro, moreno, de olhos verdes e com ombros largos. Tem que ser charmoso, inteligente, saber o que quer e não ficar brigando à toa. Se for rico, melhor.

A Madá listou seus itens fundamentais. Tem que me amar acima de tudo. Não precisa ser bonito. Não pode ser ciumento, possessivo. Tem que ser um cara com quem eu tenha um relacionamento aberto, cada um com seus amigos. Que batalhe por suas ideias. E inteligente, interessante, divertido, topa-tudo, *sexy*.

Aí, elas duas, mais a Sarita, a Raquel e eu fomos dando os nossos votos pros gatos que gostaríamos de ter bem perto. Pertíssimo.

Charmosíssimos — Marcos Palmeira, Hugh Grant, Antonio Banderas.

Bonitaços — Tom Cruise, Brad Pitt, Leonardo DiCaprio.

Pra namorar no total derretimento — Mel Gibson, Rodrigo Santoro, Guga.

Os que dão vontade de ter um caso secreto com eles — Pedro Bial, Raí, Denzel Washington.

Foi gostoso pensar nos gatos famosos. Fazer de conta que poderiam entrar em nossas vidas. Pra valer. Sonho estupendo!!! Quem sabe, um dia vira verdade... *Why not?*

Alex anda esquisito. Distante. Cabeça nas nuvens. Não ficamos mais horas no telefone. Muito menos passeando de mãos dadas pelas ruas. Não me diz o que está acontecendo. Quieto. Ou fala sem parar sobre coisas que não me interessam nem entendo. Faz de propósito. Sinto que se cansou de mim.

Acabou o namoro. Vi Alex abraçado com outra garota na porta dum cinema. Segurei a vontade de chorar, de gritar, de aprontar um baita escândalo. Ela é uma piranha. Piranha assumida e assanhada. Enrolada nele como cobra. Beijando onde dava. Na rua e na frente de todo mundo. Descarada. Tipinha. Assim, não quero. Não topo mesmo. Ele sabia. Escolheu a vaquinha. Sejam felizes juntos.

Cansei. Tardes e tardes dizendo, com um sorriso torto, "Sim, senhor", "Não, senhor", "Desculpe, minha senhora", "Não, isso não se repetirá". Ganhando uma mixaria. Trabalhando como uma escrava e não recebendo nem elogios nem aumento. Ser pontual na entrada, não ter pressa na saída, a postos no balcão, subir e descer escadas sem parar, tirar nota, fazer pacote caprichado, achar troco, tirar xerox, procurar uma guia perdida, contar quinhentos envelopes um a um, sorrir... Cansei.

E ainda tenho escola de manhã. Acho que essa papelaria, como disse o Gilberto Gil naquela canção, "já me deu régua e compasso". É tudo que tem pra dar, afinal. Hora de mudar de rumo. De ramo.

Na escola, sou um sucesso. Só falta dar entrevista coletiva. Se paro por um segundo na escada, sou rodeada. Todos querendo saber como é trabalhar. Como me sinto? O que faço? Quanto ganho? Vale a pena? Como dou conta de tudo? Como meus pais encaram? Me acham Miss Coragem. Só falta pedirem autógrafos. E são bem grandinhos pra tanto deslumbramento. Por algo que também poderiam estar fazendo. E que tanta gente, com muito menos idade, faz porque precisa do dinheiro pra sobreviver. Pra ajudar a sustentar a família. Sem lero-lero. Sem ser tema de samba-empolgação. Não sei por que não se mexem. Nunca vi ninguém ficar feliz só perguntando pros outros como é que eles levam a vida... Se batalhassem, saberiam as respostas. E teriam perguntas mais interessantes pra fazer.

Julho. Metade do ano. Não posso passar pro noturno agora. Tenho que encontrar outro emprego de meio período. Queria variar um pouco. A senhora da loja de brinquedos me deu um aceno simpático. A Sarita sempre sabe de alguma butique. Mas sinto que não tenho vocação pras vendas. Comércio não é meu pedaço. Nem meu destino. Só se for pra quebrar o galho. Já me acostumei a ter meu dinheiro...

Hurra! Lembrei da doutora Eduarda, minha freguesa na papelaria. Precisa duma recepcionista pro seu consultório. Puxo o assunto quando ela vier comprar seus cadernos. Vamos ver. Quem sabe paga bem e é interessante?

Deus do céu! Um consultório enlouquecido. Trabalham uns vinte médicos, mais uns dez psicólogos. E fonoaudióloga e fisioterapeuta. Nem entendo direito o que muitos deles fazem. Tenho que atender o telefone e marcar as consultas de todos. Só que uma só atende às terças-feiras de manhã, a outra só na quinta depois das dezessete horas, tem médico que fica a tarde inteirinha vendo criancinhas que berram, choram, esperneiam. Não, não aguento. Nem consigo achar a agenda de cada um deles. Imagine marcar a hora certa. Já chorei porque marquei o dia errado, o médico errado, a hora errada... Tenho que receber o dinheiro da consulta e dar recibo. E cada um cobra diferente do outro. Maior tensão!

O telefone e a porta não param de tocar. Piro. De vez. Levo bronca o tempo todo. Bronca de psicólogo. Mais sacal do que sermão de professor. Nem por todos os dólares do mundo fico aqui nem mais um dia. É muito pra minha cabeça. E demais pra minha paciência.

— Manhê. Senta aqui. Direitinho. Adivinha onde começo a trabalhar amanhã?

— E como vou saber? Sem pista nenhuma?

— Dou uma dica. Foi a Madá quem arranjou.

— A Madá? Deve ser coisa intelectualizada. Moderninha, prafrentex. Talvez até sem-vergonha...

— Ai, Jesus, me dê paciência. Que é que a senhora está pensando? Que é num puteiro?

— Mais respeito, menina. Nesta casa não se falam palavrões.

— Não? Não diga... Deve estar ficando surda. Vou trabalhar numa locadora de vídeos. Meio período. O lugar é bem gracinha. O astral parece legal. Gostei. E é muito familiar. De alto respeito... Vou ganhar mais do que na papelaria. Só não estou mais feliz porque a senhora cortou o meu barato.

— Ótimo. Quando cansar dessa mania de trabalhar, me avise. Acho que já chega. Já provou o que queria. Agora, devia pensar em estudar mais, em terminar bem o colegial, fazer um bom cursinho, entrar na faculdade. Afinal de contas, aqui em casa não te falta nada. Nós te damos tudo.

— Lógico. Tudo o que cabe no orçamento de vocês. Tudo de que preciso, na cabeça de vocês. Tudo o que pode fazer vocês me controlarem, me dominarem. Determinarem o que, quando, onde devo fazer... Prefiro não ter metade desse "tudo". E mandar em mim. Sou outra pessoa desde que comecei a trabalhar. E pretendo continuar me descobrindo. Me conhecendo. Me testando. Fui clara?

— Foi. Mas é uma pena... Quando deixar de ser tão radical, nós conversamos. Sempre é tempo pra ter consciência do que é importante de fato e ter mais senso de responsabilidade.

— A senhora pirou de vez. Mais senso de responsabilidade? Nunca fui tão responsável em toda a minha vida! Com tudo. Com todos. Comigo. Além de surda, está ficando cega. E continua mal-humorada como sempre foi.

Às vezes, olho pros meus pais e vejo que não estão sacando nada do que está acontecendo comigo. Nem dá pé conversar sobre o que está me afligindo, me atormentando. Iam sair correndo, sem saber o que dizer e muito menos o que aconselhar. Nem é por covardia, coitados. É outra cabeça mesmo. Outra época. Pra eles tudo tem que andar dum jeito que é certo e que dá certo. Não perceberam que o mundo mudou e que as coisas de que falam nem existem mais. Quanto mais darem certo... Nem é problema de idade. Tem gente, muito mais velha do que eles, acesa. Sabendo e sacando. Agindo.

Fico pensando como seria legal ter como mãe ou como amiga a Regina Duarte. Tem um jeito tão compreensivo, tão bom, tão decidido, sem engolir desaforo e encarando todas. Ou a fantasticamente fantástica, classuda, inteligente, antenada Fernanda Montenegro. Se eu fosse filha dela, eu seria nota 1 000!... Ou mesmo a minha professora de inglês. Ela é a pessoa adulta com quem converso mais. De tudo. De sexo, dos amigos, dos medos, das verdades, dos foras e sufocos, dos planos de vida. Ela me trata como igual. Me respeita. Por que todos não agem assim? Seria tão melhor! Tão mais bonito! Tão mais gostoso!

Como pai ou superamigo adulto eu queria ter o John Lennon. Frequentar a casa dele, se ainda fosse vivo. Foi incrível. Como músico, como pessoa. As ideias que tinha, o jeito de levar, de ser, de estar na vida. Pena ter casado com a chata daquela japonesa metida. O José Simão também deve ser um ótimo papo. Ele sabe de tudo, ri com tudo, tem uma história divertida pra contar sobre tudo. Debocha de tudo e de todos. Sempre. Não engole bobagem, burrice, mandonismo. Demais!!! E o Eduardo Suplicy. Consegue estar em tudo que é lugar onde está acontecendo alguma coisa, dizer o que é importante, ficar do lado do jovem, sacar coisas que ainda nem estão preocupando as pessoas mas para as quais elas têm que abrir os olhos. É o tipo da pessoa sensível, que não sufoca os outros. Queria poder ir à casa dele, falar e falar, ouvir e ouvir... E me sentir compreendida feito o Supla.

Não esta sensação de inutilidade total, de escutar babaquices, que é falar com meus pais. Pura perda de tempo. Nem opinião própria eles têm! Só repetem o que escutaram quando eram pequenos ou o que a televisão disse ontem. Os reis dos provérbios. Nem sabem o que está acontecendo fora da casinha deles. Pobreza de vida e pobreza de cabeça. Total! Caretice absoluta. Irremediável.

Quem foi que inventou a escola? Nunca vi nada mais inútil. Passei a semana todinha ouvindo bobagens. No geral e no particular. Nada de aproveitável. Nada a ver com a minha vida. Nada a ver com nada... E se não bastasse, chatíssima. Tudo. Arrastado, sem pique, sem graça, sem molho. Desinteressante ao cubo... Toma todas as minhas manhãs e não me devolve nada. Nadinha.

É mesmo o maior barato ficar nesta locadora. Trabalhar pesado, só na segunda-feira e no final de semana. Segunda, é mais devolução. Leve e fácil. Nos outros dias, entra pouca gente. E gente com mais tempo, que fica escolhendo devagar. Separam, empilham, pensam... Tem quem pergunte quem é o diretor do filme, e fico sem-gracíssima, porque nunca tenho ideia. Vexame puro. Os artistas, já estou mais por dentro. Dos filmes de hoje, claro. Acho que sei o nome completo. De quase todos.

Pensar que antes nem me interessava por vídeo. Agora, qualquer folguinha vou pondo algum pra ver. Levo pra assistir em casa. Até pra informar os clientes. Muitos pedem a minha opinião. Adoro! Me sinto importantíssima. Quase um Rubens Ewald Filho. Qualquer dia, vou estar na TV dizendo os que devem ver e os de que devem passar longe.

Leio as revistas que a loja recebe. Muita coisa nova pra saber, pra curtir, pra descobrir. Sobretudo a minha ignorância. Maior vergonha. Mais de 16 anos e não sei nada de nada. Nem de VHS ou DVD, que são tão novos no mundo... Mexer na aparelhagem, nas fitas, ver se têm defeito, se são pirataria, se estragaram, já saco. De olhar. Encontrar as fitas, anotar, dar recibo, já faço de estalo. Sem pestanejar.

Aqui, o que mais gosto são os papos. Com os clientes. Gente muito mais interessante que as minhas colegas de colégio. Sabem das coisas. Falam de artistas e filmes de que nunca ouvi falar. Ligo minhas antenas. Ouriçadíssima.

Adoro quando o Marcelo pinta aqui. Chega na sua moto e entra com tudo. Vibrando. Um charme. Inteligente, hilário. Marcante. Gamei! Só espero que pinte um clima entre nós. Por enquanto, suspiro...

O pessoal da locadora é ótimo! Vamos juntos ao cinema. Direto. A farra começa no carro. Altos papos depois. Gente mais velha tem mais assunto e outras preocupações. Sacam coisas que eu nunca perceberia. Faço olhar de inteligente e engano direitinho. Essas noitadas têm sido incríveis! Fantásticas!! Pena que é só de vez em quando...

Saí com o Marcelo. Forçou a maior barra. De cara. Cafajeste. Como é que pude me enganar tanto sobre uma pessoa? Queria que acontecesse o amor romântico. Lindo e leve como nos filmes. Pintou foi um pega pra capar. Na maior grossura. Chorei de raiva. E chorei mais ainda de decepção.

Tudo seria uma maravilha na locadora, se não tivesse que pegar no pesado também no sábado. Estraga meu fim de semana. E também ganho pouco. Tem horas em que toco tudo sozinha. Filmes, dinheiro, recibo, ficha, sacola, atender telefone, mandar o *boy* fazer entrega, olho vivo em cima dos ladrõezinhos, ajudar criança a achar filme. Tudo sem parar. Direto.

É bom. É cansativo. É interessante. É exploração. Tenho que me produzir direitinho todo dia. Tipo gatinha cinematográfica. Não ganho o bastante pra isso. Muito serviço. Não entra ninguém. Não tenho tempo pra mais nada. Não acontece nada de diferente. Adoro. Cansei.

Quando começo a sentir isso, sei o que vai acontecer. Já vi esse filme. Melhor resolver logo. Ano que vem passo pro noturno na escola. E vou procurar outro emprego.

— Ana Maria! Estava com saudades e com vontade de bater papo.
— Eu também. Vamos tomar uma coca?
— Claro. Onde?
— Que tal aquela lanchonete da esquina? Tem uma cara sim-

pática... Já sabe da última? A Sarita se amarrou mesmo no Tobias. Andam agarradinhos dia e noite. E ele é um garotão. Acabou de fazer 15 anos. Pode?

— Ué, por que não? E você, Miss Certinha, como vai indo? No colégio, tudo sob controle?

— Nada de excepcional. Estudo justinho o necessário. Vou conseguir passar. Acho tudo chatíssimo. Puro lero-lero. Só curto as aulas de Português, porque gosto de escrever. Sai fácil. Sem esforço. Quando entrego a redação, a nota é alta. Levo jeito desde pequena.

— Então você está pensando em fazer faculdade de Letras? De Jornalismo?

— Eu, hein? Por mim, não faço faculdade nenhuma. Já bastam todos esses anos, do maternal até aqui. Não tenho a menor vontade de passar outras décadas escutando bobagens, varando noites, me concentrando no que não me interessa a mínima. Muito esforço pra nada. Me dou por diplomada quando terminar o colegial.

— *I don't believe.* Sempre pensei que você ia fazer tudo no modelito da boa-moça. Com formatura e tudo. Você está pensando em trabalhar no quê?

— Em nada. Nem a ideia de trabalhar me entusiasma. Vejo você se matando e ganhando tão pouco. A Madá, sem ganhar nada. A Raquel, achando o máximo cuidar de pestinhas e receber agradecimentos no final do ano. E, pelo que sei fazer, não estaria em melhor situação. Prefiro continuar ganhando a boa mesada do meu pai. Vivendo bem, passeando, viajando nas férias. Ajudando em casa, quando pedem. Ou quando tenho vontade. E me preparando para casar.

— Casar? Com 17 anos? Pirou de vez?

— Faço 18 daqui a um mês. O namoro está firme. Firmíssimo. O Guto me adora. É louco por mim. E eu por ele. Então, por que não?

— Como, por que não? Ele não está estudando ainda?

— Está. Mas termina a faculdade daqui a dois anos. É o tempo de que precisamos para organizar nossas vidas. Comprar apartamento. Providenciar enxoval. Ir comprando televisão, geladeira. Tudo de que se precisa numa casa. Numa casa boa, gostosa, confortável.

— Jesus! E pra essas comprinhas de nada, onde pretendem arranjar dinheiro?

— Ora, estamos poupando. Exatamente pra isso. Já faz um bom tempinho. Este mês vamos comprar enceradeira e liquidificador. E vai ser assim, até termos tudo. Aí casamos.

— Mas vocês não gastam nem quando têm uma vontade irresistível de ir a algum lugar especial? De festejar algo em grande estilo? De se divertir simplesmente? Sem nenhum objetivo. Por pura alegria. Por puro prazer.

— Saímos muito com os amigos dele. Somos convidados pra fins de semana na praia. Não falta diversão. Nem pique. Só cautela com a grana. Sem desperdícios inúteis.

— Putz... Mas nem um ataquezinho de loucura? Um impulso incontrolável de romper o esquema?

— Claro. Ninguém é de ferro. Nem fizemos voto de pobreza. Vê se entende, Miriam. Se nós gostamos um do outro, se queremos estar juntos pra sempre, temos que preparar esse futuro. Com carinho. Sem maluquices. Eu quero segurança. Não quero pagar aluguel. Não quero morar na periferia ou pra lá de Deus-me-livre. Quero ter um apê gracinha. Moderno. De bom gosto. Com tudo de que se precisa pra se viver decentemente. Não é luxo. É conforto. Sem ter preocupações nem sustos.

— E o Guto? Também pensa assim? É isso que ele quer da vida?

— Exatamente. Nos entendemos superbem. Combinamos mesmo. Ele quer uma esposa charmosa, elegante, bom papo, que cuide bem da casa e o ajude no seu trabalho. Que cuide bem dos filhos. Vamos ter três. Eu quero um marido amoroso, trabalhador, bom caráter, decidido. Que tenha sucesso na sua profissão. Nos apoiamos em tudo. E vamos dar muito amor um ao outro.

— Tá, tá, tá... E tá. Não concordo. Acho um desperdício total! Vou fazer um esforço enorme pra compreender. Somos muito diferentes. E queremos coisas diferentes da vida. Garçom, a conta. Eu pago, por favor. Põe na caderneta do aspirador... É a minha contribuição. Tchau. Boa sorte!

Perguntas supersérias que me faço:
1. Quem sou eu?
2. Por que me irrito tanto com gente acomodada?
3. O que é a verdade?
4. Por que não sou menos implicante e exigente com os outros?
5. Por que tenho tanto medo de transar?
6. Se eu morrer, será que alguém vai sentir realmente a minha falta?

Final de semana prolongado. Feriadão. Não saio nem do quarto. Vou varar dias e noites estudando. Colocar a matéria em dia. Ler tudo o que fui deixando pra depois. No esforço prolongado, na melhor das hipóteses, recuperação. Se repetir, nem quero pensar no que vai acontecer. Sermão, gritaria e as grandes frases: "Não disse? Quer pegar o mundo todo com as mãos. Viu no que dá?". Ameaça pra lá de previsível: "Pode ir largando o emprego e só tratar de ir bem na escola. É sua responsabilidade. Sua profissão, mocinha, é ser estudante". Não! Não! Nem pensar. Nem que não vá a nenhuma festa, nenhum cinema, nenhum lugar, daqui até os exames. Tenho que passar nestas malditas provas.

— Raquel querida, vim direto. Assim que soube da notícia. Você tinha que ser a primeira a comemorar comigo. Afinal, você me deu a maior força. Sempre!

— Ai, que aflição! Conte tudo. Logo!!! Senta e manda ver. Com luxo de detalhes.

— Recebi hoje o telefonema do banco. Passei nos testes. Todos. E bem classificada. Que tal?

— Me dá um tempo. Quer dizer que foi contratada?

— Quero dizer que começo semana que vem. Tudo em cima. Nem me aguento de tanta felicidade. Explode, coração!

— Dê um abraço. Bem apertado. Mais!!! Parabéns!

— Pra você ver. Em pouco mais de um ano fui, de mocinha-pedindo-licença-pra-assoar-o-nariz, pra jovem que compra suas próprias coisas, que decide sozinha se o preço é caro ou não, se está a fim ou não de ter mesmo aquilo, que paga seus cursos com o dinheiro de seu trabalho, que discute as ordens da família. Aprendi que é mais fácil aturar ordens do patrão do que de pai e mãe. Pelo menos é com hora marcada. Depois que acaba o expediente, tchau e bênção. Não tem mais nada que ver comigo... E, se encher muito, peço as contas e me mando.

— É incrível como você cresceu! Mais segura, sabendo o que quer! De repente te vejo mais mulher, mais decidida. Não precisa mesmo pedir autorização pra assoar o nariz. O nariz é todo seu. Você é quem manda nele. Maravilha!!! E os planos, agora?

— Bem, estou esperando saber pra qual agência vou. E em que seção começo. Aí, a ideia geral é essa divisão. De manhã cedo, tocar as aulas de inglês. Acelerar a conversação, melhorar a gramática. Daí, banco. O colégio, de noite mesmo. Sem discussão. E à tardinha, vamos ver... Um tempinho pra mim, uma curtiçãozinha, uma andada por aí, outro curso de que esteja a fim...

— Fantástico. Vamos comemorar. Te convido prum lanche. Eu pago. Só nós duas. Sem o Renato. Pôr o papo em dia. Espera um segundo, que vou só trocar de roupa. Tá?

— Ora, se tá!

Esta primeira semana de trabalho como bancária está incrível. Tanta coisa pra aprender. O pessoal mais experiente orienta o tempo todo. Não dá nem pra sentir a dúvida. Tem pra quem apelar. Também, lidar com tanto dinheiro assim... Não dá pra fazer mancada. Assinatura de mil chefetes acima de mim. Atenção total. Transpiro de nervoso. Nunca tive tanta responsabilidade num trabalho. Vai dar certo, tenho certeza. Fé em mim!!!

Ainda bem que fiz o curso de informática. Aqui tudo é computadorizado. Digito o tempo todo. Conferir, abrir contas, preencher fichas, ver saldos. Dedos a postos. *All the time.* O pique é superacelerado. Não se para nem um instante. É cliente querendo informação, é subchefe exigindo tudo pronto e tudo certo. Mal dá pra tomar um cafezinho. Suspirar, fica difícil. E não saio exatamente na hora combinada... Só quando vai embora o último da fila. Fico furiosa. Cansada, louca pra cair fora, e ainda tem um atrasado querendo pagar carnê... Dá vontade de matar. Horário é pra entrar. E sem moleza. Pra sair, depende... E tendo que mostrar boa vontade.

Sérgio, o rapaz do caixa dois, é bem gracinha. Pintou paquera. Mil olhares. Sorrisos e piadinhas. Já saímos pra tomar café, coca, sorvete. Me convidou pruma festa. No sábado. Aniversário da menina que cuida da poupança. Simpática, ela. Estou animada.

Comprei uma roupa transadinha pra festa. Quase abafante. E uns acessórios pra dar um charme especial. Foi bem mais caro do que imaginava. E muito mais do que podia gastar. Faz mal, não. Trabalho como uma condenada e tenho direito de ter meus ataques de loucura. Gasto só o que eu ganho. Economizo em outra coisa qualquer. Ando a pé por um mês ou não tomo nenhum sorvete ou... Ou...

A festa foi gostosa. Mas nada extraordinária. Imaginei mais do que foi. Especialidade minha. Sonho tanto, com tantos detalhes, que o que acontece parece sem graça. E não é. É a minha cabeça exigente. Sempre querendo mais. Papos, piadas, muita dança. Proseei muito com uma garota que está no mesmo curso de inglês que eu. Vamos tentar passar pra mesma classe. Sérgio me paquerou bastante. Me alugou muito. Não aguento grudação nem marcação cerrada. Esse terá uma dispensa rápida. *Bye.*

— Mamãe, não esquece de me dar a conta do gás pra pagar. Pra mim, é mais fácil. Não entro na fila. Tem algum depósito ou mais outra coisa pra pagar?
— Não. Não, pensando bem, tenho. Paga este carnê pra mim. Só que tem que calcular quanto. Varia a cada mês.
— Deixa dar uma olhada. Facilíssimo. *No problems.* Trago de noite. Em dia.
— Obrigada. Ande com cuidado, minha filha. Preste atenção quando atravessar a rua.
— Claro. O bebezinho aqui pede pro guarda tomar conta dela... Tchau, coroa.

Ando muito cansada. Mesmo. Acordo cedo. Cedíssimo. Vou direto do banco pra escola. E ainda, as aulas de inglês. Saio às sete da manhã e volto quase meia-noite. Me arrastando. Numa irritação total! Acabo brigando com quem não tinha nada que ver com a história... No banco, amarro a cara. Na escola, bocejo. Uma vergonha. Às vezes passo uma semana inteirinha sem prestar atenção em nada. Se essas malditas aulas fossem mais interessantes, será que me ligaria? Apesar da canseira? De repente, sim...

Pelo menos, o papo com os colegas do noturno é mais divertido. Têm o que contar. Do que reclamar. Tiram sarro. Têm ideias. Às vezes, pelo trabalho que fazem, sabem mais do que o professor. A cabeça não faz só uma linha de ônibus: escola-casa-clube. Roda mais. Muito mais. Em muitas direções.

Estou péssima de notas. Faz mal, não. Repetir, não repito. De jeito nenhum. Ouvir tudo isso de novo, no ano que vem, é querer demais da minha paciência. Não sou candidata a santa. Faço um esforço prolongado. Direto. Consigo as notas de que preciso. E acabo com esse martírio. Me formo. No quê, não sei. Tiro diploma de coisa nenhuma. E continuo aprendendo na vida. Todo dia.

— Madá? Alô! Você tá com tempo prum papo? Estou em parafuso. Total.
— Lógico. Onde nos encontramos?
— No Sorvetíssimo serve? Ótimo. Às cinco e meia. Até já.

— Oi! Você está linda, Madá.
— Linda? Não sei... Animada. Contente. Vou ajudar na produção dum vídeo. Assistente. Sem remuneração fixa. Mas vou aprender um bocado. A ideia é ótima! Um brilho. Se ficar incrível, tentamos vender pra TV. E aí todos ganhamos. Divisão tipo cooperativa. Começamos semana que vem. Por enquanto, reuniões e mais reuniões. Frenesi criativo. E você? O que aconteceu? Me conta.
— Te conto o que já sabia. Que trabalho no banco é um bom lugar pra se ter experiência de mil coisas. De trato com máquinas, com números, com gente, com negócios, com documentos, com assinaturas, com aflições. Mas cansa demais, exigem demais, fiscalizam demais, te enlouquecem de tanto que te cha-

mam pra qualquer coisinha, e se ganha muito pouco. Posso tentar fazer carreira. Mas não quero passar o resto dos meus dias nessa rotina sufocante. Já faz um ano que estou nisso. Insatisfeita. Mas não sei se não é loucura jogar tudo pro alto. Que é que você acha?

— Sei lá. Não te vejo como bancária. Fazendo o mesmo tipo de serviço todo dia pelo resto da sua vida.

— Me sinto como uma máquina. Que, quando pifar, vai ser substituída por outra. Rapidinho. Mas uma máquina neurótica, morrendo de medo de errar, de entrar em curto-circuito. A tensão em que fico dá pra isso. No ponto pra desparafusar.

— Para com isso, Miriam. Você já se deu bem em tantos lugares! Ficou, enquanto quis. Saiu, quando se encheu. Sem essa infelicidade toda. Respirando. Curtindo.

— É, é. Mas este é um emprego certo. Salário no final do mês, férias, décimo-terceiro. Tudo em cima. Nos conformes da lei.

— Que horror! Isso é argumento pra quem sustenta mulher e filhos! Não pra você. Com 18 anos. Tenha dó! Procure algo que te dê satisfação. Onde se sinta bem. Sem tanta burocracia. Sem tanto desgaste. Sem se sentir um robô. Que tenha a ver com o seu jeito de ser. Que não é chorona nem medrosa. Muito menos maquinal.

— É. Queria poder dizer: "Meu nome é Miriam. E faço isso... E sou isso...". Será que vai demorar pra isso acontecer?

— Sei lá. Também não sei se vou trabalhar com vídeos por toda a minha vida. Por enquanto, gosto. Gosto muito. Enquanto me der cócegas, a minha cabeça rodar, enquanto eu for pra cama pensando no que tenho que providenciar pra amanhã, ficar fula se perdi uma exibição, puxar os neurônios pra descobrir como conseguiram fazer aquele truque, eu fico. Depois, não sei.

— Teu trabalho é tão criativo!

— Isso é. Só que teu trabalho é um emprego.

— Diferença de vida, não?

— Total. Eu, procurando os riscos. Você, atrás dum pouco de certeza. A Ana Maria só poupando, apostando no certo. A Raquel no equilíbrio, no que e com quem gosta. A Sarita querendo é se divertir, ter prazer.

— É. É muito mais um estilo de vida. Escolher não só a ocupação. Mas o que se quer e o que se permite com ela. É. É isso aí. E isso é pra resolver sozinha. Eu e meus botões. Ou, pra ser mais atualizada, eu e meu velcro.

— Profunda, hein, Miriam?

— Não enche. É sério. Você me conhece. Há séculos. Preciso estar me questionando sempre. Senão, paro. Estaciono. E daí pra ficar burra, é um passo. Rápido.

— Concordo. Mas você não acha que essa tua luta pela independência está valendo a pena?

— Se acho? Só acho. E como!!! O legal de batalhar e encarar meus empregos é que meus pais perderam o controle que tinham sobre mim. Não adianta mais fazer chantagem, ameaçar, gritar, pôr de castigo. Tentaram me impedir de dizer "Quem manda em mim sou eu". Só que eu ganhei a parada. Digo. E é a verdade. E isso compensou todas as horas em pé, todo o saco cheio, toda a canseira, toda a sacanagem de patrão. Até as frustrações, as decepções. Valeu. Só valeu. Está valendo!!! Muito!!! Tinha até esquecido por que é que fui pro banco... Agora, clareou. Você é o máximo, Madá. Obrigadão. Mesmo!

Perguntas sérias que fico me fazendo. Como será que a minha avó colocava medos na minha mãe? Pra ela não sair pra rua nem quebrar a casca do seu ovo? Como será que a minha bisavó atemorizava a minha avó? Não era com assaltos, com estupros... Com o que seria? E as mães das amigas da minha mãe? Que tipo de terror diziam que havia no mundo naquela época? Como, por todos esses séculos, as mães seguravam as filhas, controlando cada minuto da vida delas? Que perigos viram sempre? Ou diziam ver? O que falavam sobre as pessoas e os lugares desconhecidos? Sobre a noite? Por que as mães ficam em pânico quando percebem que a filha está crescendo?

Não depender tanto delas não significa que não se goste mais ou se goste menos... Por que preferem aterrorizar, seguir cada passo e cada momento, e não permitir que se descubra o mundo com os próprios olhos e as próprias pernas? Se não der certo... paciência. Pra elas também não deu, tantas, tantas vezes. Não precisa ter diploma de chaveiro só pra controlar a porta...

— Sarita? Oi. É a Miriam.
— Percebi. Você acha que ainda não reconheço a sua voz?
— Sem gracinhas, *please*. Estou na maior fossa. Colossal. De derrubar.
— O que aconteceu? Ou não aconteceu?
— Fui recusada na firma onde me candidatei pra ser secretária. Disseram que não tenho qualificações suficientes. Sem habilitação. É a terceira dispensa que recebi, só neste mês.
— E daí? É tão trágico assim?

— Estou precisando levantar meu astral. Não quero continuar chorando como uma desvairada.

— Imagine. Derramar lágrimas por conta dum emprego. Mais ainda, um possível emprego. Eu já fui recusada nuns vinte e cinco. Dos que contei. Fora os que nem pus na contabilidade, porque não tinha a menor chance. Fui de loucura pura. E mais todos de onde fui despedida. Se me arrebentasse em lágrimas, virava cachoeira. Fácil.

— Me sinto despreparada. Incapaz. Burra. Ineficiente. Emprego melhor, só daqui a séculos...

— Não enche. Faz mais uns daqueles cursinhos que você adora. Continua no banco. Vem pro comércio. Espera uma nomeação. Se candidata a *miss*. Viaja pra Austrália.

— Para, pelo amor de Deus.

— Dá um pulinho até aqui e saímos pra tomar um sorvete derretente.

— Topado. Chego já.

— Bom dia! Passei neste hotel há uns seis meses. Vocês tinham uma vaga pra recepcionista. Demorei e, quando cheguei, já tinha sido preenchida. Vi o novo anúncio e queria me candidatar. Com quem tenho que falar?

— Por favor, aguarde aqui um momentinho.

— Pois não.

Esta espera vai me matar. Vou roer unhas, fumar cigarros que nunca fumei, arrancar os cabelos de tanto que estou mexendo neles. Tenho que fazer ar de quem não está nem aí. Displicente. Acho que pega bem folhear o jornal. Dá impressão de bem informada...

— Mocinha! Por favor, me acompanhe.

— Pois não. Obrigada. Vou atrás do senhor?

— Sim. É aqui. Pode entrar.

Entrei. Coração batendo. Nervoso total. Uma pilha. Sentei sem olhar direito a moça. Ela sorriu. Um sorriso bonito. Cara simpática. Jeito compreensivo. Jovem, ainda. Nem deve ter 25 anos. Será que manda? Na certa, é a secretária da secretária da chefete. Não deve apitar nada. Deve ser a que dispensa educadamente...

Ela começou a puxar papo. Como quem não quer nada. Devagar. De leve. Sobre mil coisas. Inventava situações e perguntava o que é que eu faria em cada uma. Falamos durante horas. Sem parar. Sobre tudo. Contei a história da minha vida. Conversamos também em inglês. Pediu que eu escrevesse algumas coisas simples, em inglês e português. Tipo carta comercial. De repente, terminou.

Me olhou séria. Nem pisquei. Deu uma pausa. Enorme. Silêncio completo. Gelei. Ela reviu as anotações. Devagaríssimo. Não acabava nunca. Fechei a minha bolsa. Aí, ela começou a falar. Rapidíssimo.

Disse que eu me saí bem. Bastante bem. Que eu era simpática, educada, gentil. E mais. Que eu tinha expediente, iniciativa. Minha aparência era agradável e meu inglês bastante bom. Fluente. Que era ótimo eu ter completado o ensino médio, embora não fosse obrigatório. Mas mais um ponto a meu favor. Que a minha experiência em banco pesava muito, porque teria que lidar com dinheiro, fazer contas, marcar passagens, lidar com equipamento informatizado. Enfim, que eu servia para ser recepcionista do hotel.

Fiquei sem ar. Queixo caído. Sem acreditar. O salário era o maior que já tinham me oferecido. O turno, de sete horas. Uma folga semanal. A chance de fazer mil contatos. De aprender mil coisas. De ter um trabalho interessante. Ia começar dali a uma semana. Depois dum treinamento. Hurra! Hip!!! Viva eu!!! Viva!!! Vivô!!!!!

Minha vida anda um redemoinho. Adoro trabalhar nesse hotel. Toda hora conheço mais uma pessoa. Uns chatos, outros interessantes. Muita gente famosa. Muito artista. Muito jornalista que vem entrevistar algum hóspede. Muito colunável vindo visitar outro hóspede. Dou informações, arrumo jornais, passo os recados, providencio guia turístico, faço reserva pra restaurantes e teatros. Tenho que estar por dentro de tudo o que acontece na cidade. Imaginar o que querem visitar, ver, conhecer. Pra todas as preferências e esquisitices. É delicioso... É divertido! É variado.

Quase sempre temos congressos. Encontro de profissionais acesos, ávidos, buscantes. Circulando por todos os lados. Se reunindo em volta de mesinhas. Acotovelados nas poltronas. Discutindo o tempo todo. Morro de curiosidade. Quando o tema me interessa, aproveito qualquer folguinha e vou bicar alguma conferência ou debate. Aprendi coisas que nem tinha ideia que existiam. Ou que não levava a sério. Ando fascinada com psicologia. Assisti a um encontro de psicologia corporal, deslumbrante. Nunca imaginei que se desse tanta bandeira só pelo jeito de sentar. Ou de cruzar os braços. Ou de fechar as pernas. Embasbacante!

Ando mexidíssima com os problemas do terceiro mundo. Com as barbaridades que fazem com crianças, jovens, empregos e desempregos, escolas, saúde, ecologia. Assisti, nesses últimos meses, a muitas discussões sobre isso. Vi vídeos de pasmar. É puro assassinato. Assassinato de gerações, de países, de culturas. Ouvi um padre falar que essa não pode ser uma luta solitária. Temos que estar conscientes. Todos. É uma questão do nós. Não do eu. De sobrevivência geral. Foi bonito o que ele disse. Inteligentíssimo. Clarérrimo. Por conta dele, estou pensando em batalhar mais. Batalhar no geral. Pra todos.

Quando chego em casa, o papo é animado. Cheio de novidades. Muito assunto. Venho com tanta coisa pra contar que ficam me esperando pra se inteirar. Às vezes, morremos de rir. Até o meu irmão não é mais tão besta. Só bestinha. Às vezes sinto que falo pras paredes. Ninguém escuta. Concentração total na colher de sopa e olho grudado na TV. Mas isso acontece comigo também. Tem dias que quero ouvir as histórias deles. Curiosa. Afinzona. E tem noites que não estou nem aí. Minha cabeça segue em outras direções. Só finjo escutar.

A verdade verdadeira é que me respeitam mais. Acabou o tempo em que me tratavam como um bebê. Desprotegida. Precisando de cuidados especiais. Viram que cresci. Que sei cuidar de mim. E quando entro em parafuso, fico cheia de dúvidas ou indecisa, discutimos. Numa *nice*. Dão palpites e ideias. Às vezes, aproveitáveis. Não brigamos mais por qualquer coisinha, só pra ver quem dá primeiro o braço a torcer. Nos poupamos pro que importa. Mesmo!

Tem coisas que nunca vão entender. Da minha cabeça, da minha vida. Também desisti de entender um montão de escolhas deles. Outra idade, outras necessidades, outro querer. Brigamos, discutimos, votamos diferente, escolhemos filmes diferentes. Mas nos gostamos muito. E temos vontade de nos matar. Sempre. Nos tratamos como amigos. De cá pra lá e de lá pra cá. Mão dupla. Isso é bom de sentir e de saber. Convivência pacífico-tresloucada. Com altos e baixos. Com sorrisos e maus humores. Parece que é assim com todo mundo que se quer bem e vive junto...

Ando cansada. Não morta de exaustão. Cansadinha. Estudo francês. Quanto mais línguas souber, melhor pro meu trabalho no hotel. E francês é tão bonito, tão romântico, tão musical... *J'aime*! E vou à autoescola. Logo tiro a carteira de motorista. O coroa me emprestará o seu carro. Superacertado. E aí... correndo pelo mundo.

O pessoal do hotel é ótima companhia. Saímos muito juntos. São mais velhos. Alguns bem mais velhos do que eu. Trabalho igual aproxima. Temos muita coisa em comum.

Muitas vezes, comemos num dos nossos restaurantes mesmo. Regados a superpapos. Outras, aproveitamos uma entrada prum teatro ou *show* dada por um hóspede, ou corremos prum cinema pertinho. Uma gente legal. Gostosa. Divertida. Bom astral. Somos uma turma.

 Bolamos uma viagem. Grandona. Pra Bahia. Conseguimos descontos ótimos. Vantagens de ser do ramo... Estou acesa. Pra conhecer Salvador, pra viajar em grupo, pra ter férias por minha própria conta, pra curtir também uma de hóspede paparicada. Pensamos embarcar em março. Por um mês. Minha parte está pronta. Prontíssima. Dinheiro, roupa, tempo, tudo. Administradora da minha vida. Consegui!!

 Foi num congresso aqui no hotel. Foi bater o olho e pintar a paixão. Fulminante. No ato. Nunca vivi nada parecido. Ele tem um jeito manso de ser. Calmo. Sábio. Sabe esperar a hora certa. Pra falar e pra escutar. Cheio de mistérios, de magias. Compreende os meus desejos. Até os mais secretos. Decifra o que as pessoas querem dizer quando falam de seus sonhos, de suas visões, de seus palpites ou intuições. Compreende e explica, se pedem. Tão bem que tem vontade de ser psicanalista. Quando terminar psicologia. Estuda tudo isso. Muito. Faz da ciência poesia. Participa da luta por um mundo melhor e mais justo. Com tudo. Vibrando. Interessado nas pessoas e no universo. Um cara maravilhoso! E tão lindo... Daniel.

— Miriam.
— Sim?

— Quer dar uma caminhada?
— Pra onde?
— Sem rumo. Sem destino. Sem ter que chegar a lugar nenhum. Andar, simplesmente. Vamos?
— Vamos.

Saímos. Abraçou o meu ombro. Encostei a cabeça em seu peito. Andamos. Muito. Nem sei por quanto tempo. Nem pra onde... Acho que foi pras estrelas. Tão bom!

— Daniel.
— Sim?
— Quer ir a um evento duma ONG superótima? Crianças ex de ruas teatrando, batucando e capoeirando. Leves, lindas e soltas. Aulas semanais com professores de Artes, doando o seu trabalho pro encontro delas com elas.
— A que horas?
— Hoje à noite. Superlonge.
— Topado. Te encontro às oito. OK?

Saímos. Caminhamos quilômetros. Assistimos, boquiabertos. Vibramos. Nos emocionamos. Palmeamos o caminho aberto. Pras crianças, pros profissionais das artes, pela ONG lúcida... Aderimos, aplaudimos, caminhamos juntos. Pra nossa Terra. Foi bom. Demais.

— Miriam.
— Oi!
— Quer passar o domingo na fazenda do Marcos?
— Vamos quando?
— Bem cedinho. Às sete. Tudo bem?
— Te espero. Na porta. Prontinha.

Passeamos o dia inteiro. Deitamos na grama e sentimos o gosto do sol beliscando nossa pele. Tiramos os sapatos e sentimos o gosto da terra entrando por nossos pés. Corremos. Nadamos. Sentimos o gosto da água molhando nossos corpos. Nos olhamos. Nos beijamos. Senti o gosto de sua boca. Nos sentimos por muito tempo... Não sei quanto... Do sol até a lua. De manhãzinha até a noite... Fomos para nós. Foi muito, muito lindo!!

Tititi na casa da Sarita. Dessa vez, pra matar saudades. Botar papo em dia. Saber da vida de cada uma. Pra valer.

Madá, animada. Como sempre. Está estudando cinema na ECA. O curso é um horror. Vale pelos contatos. Está na equipe de produção dum curta-metragem. Assistente da assistente. Mas a mil. Cheia de ideias, de planos. Milita no PT adoidado. Está morando com outras colegas numa espécie de república. Sempre alternativa. Fora do esquemão. Em tudo! Ela sempre faz bem pra quem está perto dela. Pelo menos, agita. Põe dúvidas. Faz ir pra frente.

Raquel, contente com seu trabalho. É professora da pré-escola. Adora!! Está fazendo Pedagogia e achando um horror. Aprende mais com seus alunos. Faz mil cursos. Qualquer novidade que pinte sobre educação, lá está ela. Atenta. Fascinada por alfabetização. Quer saber tudo sobre letras e sílabas. Feliz com o Renato. Logo se casam ou vão viver juntos. Se completam. Se entendem. São superamigos. Se gostam mesmo.

Ana Maria, preparando o enxoval. Comprando coisas pro seu apartamento. A garagem está amontoada de eletrodomésticos que compraram nesses tempos. Nem dá pra andar por lá. Parece que agora só falta a TV e o som. Mas esperam ganhar dos padrinhos... Os móveis, os pais vão dar. Apartamento é que ainda não encontraram. Têm andado, procurado e... ou são minúsculos, ou longérrimo, ou caríssimos, ou mal construídos. Maior dificuldade... Estão na fila pra conseguir um empréstimo da Caixa. Na torcida, pro milagre acontecer. Se sair, casam na hora. Se não, casam do mesmo jeito. E vão pagar aluguel... Até o final do ano estarão entrando na igreja. Em grande estilo. A recepção já está encaminhada e encomendada. Finíssima. *The best!* Lua de mel no Caribe. Tudo conforme o figurino.

Sarita, morrendo de rir. De tudo. Comendo o que vê na frente. De tudo. Namorando muito. Todos. Foi chamada pra produzir fotos de moda. Afinal, tem uma baita duma experiência. Anos de butique. Anos de badalação. Anos de festas festeiras. Anos de devoção aos modelitos. Saca tudo. Mesmo. Balança se topa ou não. Se não der muito trabalho. Se o horário for maneiro. Se ficar com alguma das roupetas pra ela. Se não encherem muito o saco. Se não acharem que ela virou Miss Eficiência. Como sempre, na dela. Sem se matar por nada. Curtindo. Curtindo muito. Bom pra ela.

Eu estou bem. Estudando italiano. Pra valer. Tem horas que penso em ser intérprete. Conheço algumas línguas direitinho. Pagam bem. Só que é falar pelos outros. Porta-voz. Nenhuma opinião pessoal. Intermediária apagada entre duas pessoas. Aí, desisto... Ir pra faculdade de Letras? Talvez. Pra experimentar. Não me entusiasma. Mas ainda me sinto mal por não ter entrado na universidade. Meio culpada. Tenho que encarar isso.

Andei por vários empregos. Agora, estou numa editora. Como secretária. Não geral, específica. Adorando. Descobri literatura. Eu, que achava chatíssimo ler. Converso com escritores, com ilustradores, com capistas, com revisores. Mil cabeças coroadas. Acho fantástico!! Estimulante mesmo. Penso em fazer traduções. Deve ser gostoso trazer pras pessoas as bonitezas de algumas escrivinhações... É trabalhoso, difícil. E pagam muito mal. Chega a ser indecente. Vamos ver...

Estou contente. Estou crescendo. Cheia de dúvidas, de incertezas. Me questionando sempre. Sei que não vou parar por aqui. Que tem muita coisa ainda pra saber. Pra fazer. Pra descobrir. Pra me desafiar. Pra me pôr em xeque. Estou querendo passar uns meses nos Estados Unidos. Num programa de estudos, de intercâmbio, um estágio. Continuo buscando respostas. E inventando perguntas.

Amo Daniel e ele me ama. É lindo o que sentimos juntos. É bom demais estar perto. Se tocando. Se trocando. Se descobrindo. Se dando. Recebendo.

Ainda não sei direito quem sou. Ainda não encontrei o meu ofício, minha profissão. Busco. Adoidada. Gosto da vida que levo. Sei o que faço. Sou uma batalhadeira. Desbravadora de meus próprios caminhos. Caindo do cavalo ou achando que valeu a pena escalar a montanha. Vou com tudo. Sempre. Pra valer. Vou achar e me achar. Se isso acontecer, mesmo que demore, terá valido a pena. Consegui o que mais queria. *Quem manda em mim sou eu!*

A autora

Irene Abramovich

Meu nome é Fanny, meu sobrenome, Abramovich. Comecei a trabalhar no dia em que fiz 14 anos de idade. Como professora de português para estrangeiros. Vibrei! Depois, dei aulas para maternal, pré, ginásio, curso de magistério, faculdades e pós-graduação. Em escolas de São Paulo, em faculdades do Brasil inteiro. Curtindo sempre! Rodei mundo cutucando alunos pra encontrarem seus caminhos. Mais do que tudo, dei aulas de teatro, de criatividade, de literatura infantil. Pura gostosura!

Também jornalistei. Em vários jornais, revistas, televisão. Sobretudo o que se produzia para crianças. Deleitante! Assessorei editoras, grupos de teatro infantil, projetos de arte-educação. Desbravei.

Dum tempo pra cá, só escrevo. Comecei com livros para professores. Depois ficção para jovens e, agora, para crianças. Maior barato! Adoro adorado!

Quando percebo que começo a me repetir, encerro aquele ciclo. Vou procurando outro caminho, até achar um trabalho desafiante e novidadeiro pra mim. E bom é que, desde 14 anos, quem manda em mim sou eu! E só eu!!!

Entrevista

Quem manda em mim sou eu aborda a luta pela liberdade e pela independência do ponto de vista de Miriam, garota inquieta que questiona tudo e todos. Agora, que tal ler esta entrevista com a autora Fanny Abramovich e saber o que ela pensa de várias questões que envolvem os adolescentes na atualidade?

Em *Quem manda em mim sou eu*, existe uma forte relação entre o amadurecimento da personagem Miriam e o trabalho. Qual é a sua opinião sobre o trabalho na adolescência?

● Acho importantíssimo. Tipo fundamental. O primeiro passaporte pra independência. É a possibilidade de, com seu salário, pagar suas próprias escolhas e não depender da boa vontade dos outros. É poder comprar a saia de que gosta, da cor que bem entende, é apanhar seu batom sem discussão e pagar por ele, é se dar ao luxo de ir à academia de dança aprender sapateado ou qualquer outra coisa que esteja a fim, é pegar um cineminha sem pedir autorização ou grana. Salário é bem diferente de mesada!

Miriam tem uma visão bastante desanimadora com relação ao papel da escola na formação dos adolescentes. Você compartilha dessa visão? Por quê? Se sim, que sugestões você daria aos educadores para que, de fato, a escola tenha uma contribuição mais efetiva e eficaz na formação de seus alunos?

● Claro que compartilho... Já publiquei livros para professores buscando cutucar esta paradeza no andar da carruagem. Entre eles: *Quem educa quem?*, *O professor não duvida! Duvida?*, *Que raio de professora sou eu?*. Estão lá os meus pensares sobre a desanimada e desanimadora ação escolar. Acredito que educar é abrir as portas pro mundo e não trancar o aluno dentro duma sala de aula. Acho que, em vez de "contribuição mais efetiva", deveria ser uma relação mais afetiva, e em vez de "eficaz na formação", deveria ser fundamentalmente formadora e não enfaticamente informadora. Por aí...

MIRIAM TEM NAMORADOS; ELA NÃO FALA EM "FICAR" COM ALGUÉM. PARECE QUE ELA TEM COMO IDEAL UM TIPO DE RELACIONAMENTO AMOROSO QUE NÃO ENVOLVA APENAS O CONTATO FÍSICO. O QUE VOCÊ DIRIA A SEUS LEITORES SOBRE OS DIFERENTES TIPOS DE RELACIONAMENTO AMOROSO OBSERVADOS ENTRE ADOLESCENTES?

• Viva tudo que te impulsione, que acelere suas palpitações. Paquere, namore, ande de mãos dadas, beije de língua, se mande, transe, se entregue, caia fora. Rompa ou recomece conforme o coração mandar. Viva a alegria, o encantamento, a tristezura doida, a sofrência pelo abandono. Tudo que faz parte duma relação amorosa. Saque atentamente o que percebe sobre o outro, saque o que você quer naquele momento, o que quer pra mais longe, escolha o que está realmente a fim e viva intensamente. Eu acredito *mesmo* que nada é para sempre!

MIRIAM TEM ALGUNS PROBLEMAS DE RELACIONAMENTO COM OS PAIS. NA SUA OPINIÃO, COMO SERIA UMA RELAÇÃO SAUDÁVEL ENTRE PAIS E FILHOS?

• Dialogada, falada, ouvida, partilhada, trocada. Verdadeira!

DE CERTO MODO, MIRIAM PARECE SER BASTANTE INFLUENCIADA PELA MÍDIA. EM VÁRIOS MOMENTOS, ELA TRAÇA SEUS IDEAIS (HOMEM, MULHER, MÃE, ETC.) A PARTIR DE ARTISTAS FAMOSOS. O PRÓPRIO SONHO DE SER MODELO PARECE ESTAR RELACIONADO COM ESSA POSSÍVEL INFLUÊNCIA. O QUE VOCÊ DIRIA SOBRE A INFLUÊNCIA DA MÍDIA SOBRE OS ADOLESCENTES?

• Existe! É imensa, é enorme! É fascínio por apresentar gentes existentes e devidamente idealizadas como possibilidade de escolha de modos de ser, de se apresentar, de se vestir, de conquistar, de viajar, de viver, etc. Eu e todas as minhas amigas fazíamos as mesmíssimas coisas só que com a revista *Cinelândia* (na época os astros eram só os artistas de cinema, ainda não existiam tenistas, pilotos de automóveis, guitarristas, modelos, mestres-cucas, etc. como formas de celebridade e modelos de vida).

A COMPOSIÇÃO DESTA OBRA PARECE REVELAR UM PROFUNDO CONHECIMENTO DO UNIVERSO ADOLESCENTE. EM QUE MEDIDA SUA VIDA PESSOAL E PROFISSIONAL CONTRIBUIU PARA A "CRIAÇÃO" DE MIRIAM E SUA HISTÓRIA?

• Quando escrevo para crianças, me acrianço. Quando escrevo para jovens, adolescento. E vou revivendo emoções, sacadas, desantenadas bravas, aprontadas. Nunca usei minha história de vida pra colocar numa história ficcional. Só uso as evocações de emoções. Uma piscadela trocada com um amigo, um aluno, um carinha sentado no ônibus podem dar muito mais pano pra manga. Pra recordar o essencial!